德米安

[德] 赫尔曼·黑塞◎著 萋萋◎译

DEMIAN

中国出版集团
中译出版社

图书在版编目（CIP）数据

德米安 /（德）赫尔曼 · 黑塞著；萋萋译． —北京：中译出版社，2022.1（2023.3 重印）

ISBN 978-7-5001-6794-5

Ⅰ．①德… Ⅱ．①赫… ②萋… Ⅲ．①长篇小说－德国－现代 Ⅳ．① I516.45

中国版本图书馆 CIP 数据核字（2021）第 233514 号

出版发行：中译出版社
地　　址：北京市西城区新街口外大街 28 号普天德胜大厦主楼 4 层
电　　话：（010）68359376，68359827（发行部）68002926（编辑部）
传　　真：（010）68357870
邮　　编：100044
电子邮箱：book@ctph.com.cn
网　　址：http://www.ctph.com.cn

责任编辑：温晓芳
校对编辑：苏佳钰
封面设计：胡椒设计

印　　刷：三河市华润印刷有限公司
经　　销：新华书店

规　　格：880 毫米 ×1230 毫米　1/32
印　　张：9
字　　数：107 千字
版　　次：2022 年 1 月第一版
印　　次：2023 年 3 月第二次

ISBN 978-7-5001-6794-5　　定价：39.80 元

中 译 出 版 社

译者序

赫尔曼·黑塞，德国作家、诗人、评论家，20世纪最伟大的文学家之一，主要代表作有《德米安》《荒原狼》《悉达多》《玻璃球游戏》等作品。黑塞出生于南德的小镇卡尔夫，1923年加入瑞士籍，1936年获得瑞士最高文学奖——歌特弗利特·凯勒奖，1946年获歌德奖、诺贝尔文学奖。21岁时自费出版第一本诗集《浪漫之歌》，27岁出版《彼得·卡门青》，收获无数好评，获得包恩费尔德奖，之后创作了《德米安》《荒原狼》等多部不朽之作，他的作品被翻译成40多种语言，享誉文坛。

《德米安》是黑塞的代表作之一，用抒情的笔调、细致入微的文字对少年辛克莱追求自我、一心想要成为自己、探究自我命运的心路历程进行了描绘。这本书的主要内容是，在“光明世界”长大的辛克莱，偶然间发现“另一个完全不同的世界”，他被那里的焦躁和黑暗所困扰，并陷入谎言所引发的困境中。这时，一个名叫德米安的少年出现，把他从沼泽地拉上来，自那以后，他便开始追求自我。在之后的很多年，“德米安”都会以不同的扮相出现，适时引领他成长。其实，所有人都在向自己的目标奋进，我们可以相互了解，可是真正能够对自己有最深入了解的，只有自己。

可以说，《德米安》这部心理小说是黑塞极具代表性、有里程碑意义的名作。德国文学大师托马斯·曼曾给出这样的评论：“这是一部以它极为精确的描写击中时代神经的作品。整整一代青年相信，他们深受源自他们内心深处的一位代言人的吸引。每个人的生命都会通向自我，是对一条道路的尝试，是一条小径的偷偷呼唤。”

前言

我的故事要追溯到很久以前。假如情况允许，我还想继续往前追溯，直到我刚进入童年时期，或者更早，直到我的祖先。

在写小说时，作家们通常有这样一个癖好，喜欢自封为上帝，居高临下地看着整个人类纪事，并像上帝本人一样，对所有一切进行完完全全的描述。我没办法做到这一点。作家们能做到的也少得可怜。可是对于我来说，我的故事的重要性要远超任何作家的故事对于他们而言的意义，因为这个人不是虚构的、理想的，或任何编造的人，而是一个独特的、实实在在存在的人。而一个实实在在存在的人要如何定义呢？相比过去，现在的人知道的不仅更少，而且对这些宝贵而独特的造化进行杀戮。如果我们不是非常特别的存在，如果我们中的所有人都可以彻底消失在一颗炮弹中，那么讲故事还有什么意义呢？可是每个人又不只是他自己，每个人都是仅有的、独特的，不管在什么情况下都非常重要、值得关注的点。世界的表象在这个点上汇聚，而每次交往都不可重来，仅此一次。因此，每个人的故事都非常重要、神圣。因此，每个人都是特别的，值得所有关注的目光，只要他依然通过某种方式活着，依然完成自然的意志。在每个人身上，灵魂都成形，造物主都会受难。每个人身上都被造物主钉上了十字架。

如今，鲜有人知道人的概念。对此有所领悟的人，都死得很平静。就像我，在把我的故事写完以后，也将平静地赴死。

我不会以智者自称。过去，我是一个探寻者，如今依然是。可是我不再去星辰和书籍中寻找，而是开始把我血液中奔腾的教诲当作老师。我的故事并不会带给人轻松、愉悦的感觉。它比不上虚构的故事的美好。它带着怅惘和荒诞不经的味道，带着癫狂和梦幻的味道。它的味道，很像那些不愿意再自欺欺人之人的生活的味道。

每个人的生命之路都是通向自我的，是在不停地尝试，是收获的启迪。想要成为完全的自己的人几乎没有，可是每个人都竭尽所能成为自己，成为或平庸或明智的人。每个人诞生时的残渣都不会消失，史前世界的黏液和蛋壳也一直被人背负在肩上，直到生命结束的那一刻。有些生命上半身是人，下半身是鱼，可是所有生命的进化都是以人为方向的。所有生命的起源都是一样的，都是从母亲而来，从同样的深渊而来。每个生命都在抗争，想要从深渊中向自己的目标奔去。人们相互理解，可是每个人都只能对其自身加以诠释。

目录

两个世界

我的故事开始于一段经历，当时，十岁的我正就读于我们小城里的拉丁文学校。

回忆中充斥着各种味道，有快乐，也有感伤，让我激动不已：昏暗的巷弄、光彩明亮的房子、钟塔和钟声、人们的风采、温暖的房间、莫名恐怖的房间。逼仄、温暾、兔子和女仆的气息，还有家用常备药和干果的味道。在那里，两个完全不同的世界就像宇宙的两极——白昼和黑夜一样，相互交织在一起，分别在自己的轨道上运行。

其中一个世界就是由父亲的房子组成的，更准确地来说，是由父母亲两人的结合组成的。我比较了解这个世界，它代表着父亲和母亲、温柔与严厉、榜样和学校。这个世界被温暖的光泽、整洁和明快、动听的交谈、洁净的双手、干净的衣服、优良的习惯所充满，家中这个世界也包括这些。这里的人们早晨要唱赞美诗，每年要对圣诞节进行庆祝。这个世界直直朝未来的道路延伸而去：义务和责任、羞愧和劝解、原谅和善良的决心、爱和尊敬、《圣经》的话语和智慧。人们一定要对这个世界有坚定的信心，这样生命才会变得清楚、美好，且富有逻辑性。

同时，在这个家里，还运转着另一个极端的世界。那个世界截然不同——味道和语言都不同，人们的遵循和要求都不一样。那里有女仆和工匠、鬼怪故事、丑闻和谣言，各种奇怪、迷人、恐怖的事物：屠宰场、监狱、醉汉、骂街的女人、生产的母牛、摔倒的马等，还有和盗窃、杀人、自杀相关的传闻。附近弄堂、隔壁房子里，随时都有粗鲁且残忍的画面上演，让人惊讶的同时又畏惧不已。警察、流浪汉、打老婆的醉汉、黄昏时分一起从工厂里成群结队走出来的少女、对人施咒的老妪、隐藏在森林里的强盗、被抓了现行的纵火犯。一个生动的世界，活力四射、芳香四溢，和我父母所住的房子完全不同。这真的太好了，不仅让我们这里有了安宁、和平、义务、良知、原谅和爱，还有其他事物：嘈杂、恐怖、武力。我只要纵身一跃，就能离开这个世界，回到母亲身边。

这两个世界相互独立，却又密不可分，真是太奇怪了！像家里的女仆莉娜，当她在客厅门边坐下来和我们一起做晚祷，高声唱着圣歌，洁净的双手在平滑的围裙上放着时，她是归父母亲、我们，以及这个光明磊落的世界所有的。可是，一旦她到了厨房或木棚，开始把无头男子的故事讲给我听，或者在肉摊前和邻妇争吵个不停时，她则归另一个神秘莫测的世界所有。在其他人身上也会发生这样的情况，特别是我。虽然身为父母的孩子，我是这个光明磊落的世界的一员，可是我的目光所到之处，却是另一个世界，甚至身临其境，哪怕对于我来说，它是不熟悉的，是让人害怕的，时常还会让人夜不能寐。有时候，我甚至甘愿在被禁止的世界中生活，再次回到光明，反倒像回到并不那么好的地方，实在是太乏味，太无趣了。

有时候我再清楚不过了，我这一生如果以父母亲为标杆，一定会走向磊落、纯洁、上等。可是，我还要走很长一段路才能抵达目标。在那之前，我要读完中学、大学，还要参加五花八门的考试。此外，这条途径大多得从黑暗的路段经过，人通常会恋恋不舍，甚至沉溺其中。所有浪子回头的故事情节大抵这样，这些故事曾经让人深陷其中难以自拔。这种故事通常对回到父母身边和良善描绘得非常伟大，因此我对这就是仅有的一条正道深信不疑，受到人们的追捧不足为奇。可是，我却更欣赏那些和邪恶与迷茫相关的描述。说实话，我甚至会同情那些浪子回头的结局。可是没人会这样说，也不敢产生这样的想法，最多觉得它是一种警醒、一种可能性，在意识的最深层掩藏。就如同说到魔鬼，我完全可以想象出它在马路下面潜伏着，在市集或酒馆内潜藏着，可是无论它伪装成什么样，都一定不会在我们家里出现。

我的姊妹也是光明世界的一员。我时常会有这样的想法，从本质上来说，她们和我的父亲和母亲更像：她们的品质比我更高尚，更具有学识，更趋于完美。虽然她们也有不足，可是我觉得这些都无伤大雅，完全不同于我的情况，我在和邪恶亲密接触时，是背负着巨大的压力的，被它伤得很深，相比她们，我离黑暗的世界更近。我的姊妹更像我的父母，值得受到尊重，值得被包容。如果和她们发生纷争，之后我总会自责，觉得麻烦都是自己制造出来的，应该请求她们原谅自己。因为对我的姊妹造成伤害，就相当于对我的父母造成伤害，对良善和高尚造成伤害。有些秘密，我哪怕说给最无耻的街头无赖听，也不会说给姊妹们听。

在事事顺心的日子里，当一切都光明磊落时，我很愿意和姊妹们在一起玩耍。和她们在一块儿，我觉得自己就像被一个高尚的假象所包围，那种感觉好极了。当天使的感觉也莫过于此吧！这是我们能够想象到的最美好的境界了。天使是美好的，是甜蜜的，周边充斥着光明的声音和香味，就像过圣诞节一样。啊，这样的时光真是太美好了，太少见了！一般情况下，玩耍的时候，虽然是一些得到大人同意的游戏，我却会忽然激动起来，让姊妹们无从招架，最后走向不好的结局。而我只要一生气，就会变得很可怕，我会肆无忌惮地说出马上就会后悔的话，做出让自己心灵忐忑的不好行为。接下来，我便会开始后悔，我只能痛苦地请她们包容。之后再次看到曙光，重新回到几小时或须臾之前的平静和感恩的美好。

我就读于拉丁文学校，班上同学有市长和林场主任的儿子，有时候，他们会来和我一块儿玩耍。他们粗鲁、骄横，可心眼却不坏，属于正直世界。对于附近的一些孩子，公立学校的学生，我们通常会露出一些鄙夷之意，可是我们还是会和他们接近。我的故事就开始于他们其中一位。

一个无聊的下午，当时的我约莫十岁，和两个邻居孩子在一起四处晃悠。之后，来了一个个子很高的男孩，大概十三岁的样子，长得很健壮，也很粗鲁，在公立学校就读，母亲是裁缝，父亲是个酒鬼，一家子名声糟糕透了。我认识这个弗朗茨·克罗默，对他很是忌惮，并不太希望他成为我们中的一员。他的一言一行都和一个成年人无异，还会专门效仿工厂年轻学徒说话和做事的方式。他带着我们紧靠着桥墩往下来到河边，在第一座拱桥下方躲起来。河水流得很慢，河面和桥拱之间的狭长河岸上满是废弃物，像什么杯盘碎片、锈铁丝、破烂旧物等应有尽有。这里，有时运气好还可以捡到一两样有价值的东西。

克罗默命令我们沿着河岸找下去，然后把找到的东西交到他手里。经过他检查，东西要么成为他自己的，要么被扔到水里。他专门提醒我们，要格外关注铅、黄铜、锡制的东西，如果发现有那样的东西，他就一股脑地放到自己身上，即便是一把老旧的牛角梳子都不例外。在他身边我总是心神不宁的，这倒不是因为害怕被父亲知道，从此不让我和他打交道，而是因为克罗默这号人物是我所畏惧的。可是我却很高兴他接纳了我，对待我和对其他同伴没什么区别。他命令我们做事情，几个孩子也都非常听话，好像一直以来，大家已经达成了这样的一致，哪怕今天是我第一次身处他们这个小团体也是如此。

最后，我们一起在地上坐下来，克罗默像个大人一样，朝水里吐口水，只见他从门牙缝里喷出口水，次次都能喷中。接下来，大家进入聊天环节，所有人都争相讲出自己的英雄事迹和恶作剧，以引起他人的关注。我没有参与大家的互动，却害怕自己一直沉默不语会引来大家的注意，也让克罗默不喜欢我。一开始，我的两位同伴就有意离我远一点，尽可能靠近克罗默。我觉得自己有点格格不入，他们会觉得我的穿着和一举一动都在威胁他们。我就读于拉丁文学校，父亲是士绅，克罗默对我不可能有好感。而在我看来，但凡有机会，其他两位一定会舍弃我、背叛我。

因为害怕，我终于也开始说大话了。我捏造了一个杰出的强盗故事，把自己变成里面的英雄。我说，一天晚上，我和同伴偷偷来到街口磨坊的果园里，把满满一袋子苹果偷走了，这些苹果不是普通的苹果，而是上等的莱茵特苹果和金帕尔美苹果。为了摆脱眼前的困境，我在编造的故事下寻求掩护，更担心我一旦停下来情况会更糟，于是尽可能把讲故事的能力发挥出来。我说，我们一人站哨，一人从树上往下面丢苹果。袋子里装满苹果以后太重了，我们只好倒了半袋出来。可是，半小时以后，我们又回头拿走了剩下的半袋苹果。

我越说越兴奋，甚至为自己的口才沾沾自喜。故事讲完以后，我如愿获得了一些喝彩。两个小家伙一声不吭地观望着，克罗默则似笑非笑地看着我，带着挑衅的语气问道：

“是真的吗？”

“是真的。”我说。

“你确定你没有撒谎？”

“是的，我没有撒谎。”我信誓旦旦地说，内心却非常恐惧。

“你敢发誓吗？”

我害怕极了，可是我还是马上答应了。

“那么你说：老天爷做证！”

我说：“老天爷做证！”

“那好吧！”说完，他转身走了。

我以为一切太平了，看到他准备回去，还兴奋不已。我们回到桥上时，我特别小心地说，我得回家了。

“这么着急干什么？”克罗默笑着说，“我们顺路啊！”

他在前面慢悠悠地走，我亦步亦趋地跟在后面，而他确实走向我家所在的方向。到了我家前面，熟悉的大门、厚重的门把、窗棂上映射的阳光，还有母亲房间的窗帘出现在我的眼前，我不由得长长地出了一口气。喔！回家了！喔！回家的感觉真是太好了！我又回到了光明与和平的世界。

我快速把门打开溜了进去，当我正准备关门时，克罗默也挤了进来。甬道上铺的瓷砖映射出冰冷的光，从院子里照进来些许阳光。他一把把我的手臂抓住，小声地说：“喂，这么着急干什么？”

我害怕地盯着他的眼睛看。他的手劲太大了，以至于我都无法动弹。我不知道他想干什么，难道他想打我？我心想，如果这时我大叫出声，会有人下楼来救我吗？可是，我并没有那么做。

“什么事？”我问，“你想做什么？”

“没什么。只是还要向你求证一些事，不需要让其他人知道。”

“真的吗？好，你还想向我求证什么？我得上楼了。”

克罗默特意小声说：“街角磨坊旁边的果园，你知道是谁的吗？”

“我不知道，不是磨坊主人的吗？”

克罗默将我紧紧圈住，让我离他特别近，我必须和他正面相对。他的眼神里有凶气，虽然脸上带着笑，可是这种笑是邪恶的，上面写满了残酷。

“好，小子，我可以跟你说果园的主人是谁。我很早就知道了苹果被偷这件事，我还知道果园主人说过，只要有人把偷苹果的小偷抓到，他就会给那人两马克作为回报。”

“天哪！”我大叫道，“你不会跟他说过这件事吧？”

我觉得我现在没办法通过乞求来博取他的同情。他是从另一个世界来的，对于他来说，背叛并不算什么。我完全了解这一点。在这种情况下，从“另一个”世界来的人的反应和我们截然不同。

“不说？”克罗默笑着，“亲爱的朋友，你觉得我家是开制币厂的？我和你可不同，我没有你那么富有的老爸，我太穷了。如果现在有一个赚两马克的机会摆在我面前，我是一定会抓住的。也许他还不止给我这么多。”

他突然把我放开，我家甬道的安宁气息也随之消失了，我周围的世界全都轰然倒塌。他要去揭发我是罪犯，这件事会传到父亲的耳朵里，甚至会招来警察。我一下觉得周围的一切都让我害怕，满世界的凶险都朝我涌来。此时，我没有偷东西的事实已经变得无关紧要了，更遑论我还对天发过誓。天哪，天哪！

我的眼睛里蓄满了泪水。我觉得我一定要想办法把自己赎回来，于是我慌张地去搜寻身上所有的口袋。口袋里什么也没有，没有苹果，也没有随身小刀。突然，我想到我戴着手表。那是祖母留给我的东西，是一块老旧的银表。它的指针已经失灵了，可是我却一直戴着它。我快速把那块手表取下来。

“克罗默，”我说，“听好，你不需要去揭发我，假如你真的这样做了，那你就太不够朋友了。我把我的表送给你，你看，在这儿，很遗憾，我现在身上只有这个了。这只表我就送给你了，它是银制的，做工很好。只是现在出了点小问题，不过修修就好了。”

他笑着伸手把表接过去。我看着这只大手，想着它刚刚对我那么粗暴，满是敌意，我的宁静都被它打破了。

“它是银制的……”我小声地说。

“你的银制品和你的老表，我才不感兴趣呢！”他嘲讽地说，“你自己拿去修吧！”

“可是克罗默，”我叫着，心里害怕不已，因为他就要离开了，“你等一下，把这只手表拿走吧，它真的是银制的，货真价实。更何况，我身上也没有其他东西了。”

他用淡漠的眼神看着我，目光里写满了鄙视。

“哼，你知道我要去找谁，或者我也可以去找警察，我和警员也经常有来往的。”

他转身要离开。我把他的袖子紧紧攥住，一定不能让他去揭发我，哪怕要我付出生命的代价，我也不愿意承受他这一离开所带来的后果。

“克罗默，”我向他发出祈求，激动得声音都开始颤抖，“不要做傻事，你在戏谑我，对吧？”

“是的，我只是在戏谑你，可是对于你来说，却要付出不小的代价。”

“你告诉我，克罗默，我要如何是好，你要我做什么都行。”

他斜着眼打量我，又笑出了声。

“不要犯傻了！”他故意说道，“你我都清楚。我现在有一个赚两马克的好机会，我怎么可能让它就这样飞了，这点你是知道的。你有钱，你看你还有手表呢！你只要把两马克给我，我们之间就什么事都没有了。”

我当然知道他说的是什么意思，可是对于我来说，两马克和十马克、一百马克、一千马克一样，都是天文数字。我压根没有钱。我只是有一个小存钱筒放在母亲那里，每次叔叔伯伯来家里拜访时，会往里面丢一些十分尼或五分尼硬币。我只有这些了，而且我现在的年纪还不能领零用钱。

“我真的没有钱。”我伤心地说，“我是真的没有钱，可是除了钱，其他的我都可以给你。我有一本印第安人的书、战士玩具，还有一个罗盘，我都可以给你。”

克罗默撇了一下嘴巴，厌恶地往地上吐了口口水。

“不要跟我说那么多废话！”他恐吓我，“你那些破烂玩意儿就自己留着吧！一个罗盘？！你可不要把我惹急了，听好了，赶紧去拿钱！”

“可是我真的没钱啊，也没人给过我钱。我能怎么办？”

“那你明天给我带两马克过来。放学后我在市场那边等你，我们把这件事情解决了。如果你空手来，那你就等着吧！”

“好，可是我去哪里拿钱啊？上帝啊，我该怎么办……”

“这与我无关，你们家还缺这点钱吗？明天放学后不见不散。我跟你说，要是你空手来的话……”他用恐怖的眼神看着我，又吐了一次口水，才如鬼魅般消失了。

我没办法走上楼，我的生命毁于一旦。我想要离家出走，再也不回来，或者直接淹死在河里。可是这些我只是想想而已。我缩成一团，在黑黑的楼梯的最底阶坐着，被自己的不幸深深包围。莉娜提着篮子下楼来取木柴，发现我哭出了声。

我请她保持沉默。我到了楼上，父亲的帽子和母亲的洋伞挂在玻璃门旁的挂钩上，一股家的温柔气息弥漫开来，我一脸祈求和感恩地和它们拥抱，就像回头的浪子和老家的气息深深拥抱一样。可是，这一切已经离我远去，它们只属于父母亲的明亮的世界。我现在一身罪恶，被陌生的潮水所裹挟，陷入邪恶的深渊无法自拔，正受到敌人的挑衅，和危险、害怕与羞辱相对。

我第一次觉得近在眼前的帽子和洋伞、优质的砂岩地板、门厅橱柜上方的大幅画作、客厅里妹妹的声音是这么亲切、美好。可是，它们现在不能再带给我安慰，给予我庇护了，而变成了一种指责。这一切已经离我远去了，我不配得到喜悦和安宁。我双脚上满是污秽，即便用鞋垫擦也擦不掉，这个世界隐形的阴影就尾随在我的后面。这么多秘密和忐忑，难道从前没有吗？可是，相比今天带回来的，那些根本不值一提。命运和我紧紧相随，把魔掌伸向我，即便是母亲也对我爱莫能助，这件事不能让她知道。无论我犯的是偷窃的罪行还是不诚实的罪行（我在老天爷面前已经发过誓了），结局都是一样的。这两件事已经不是我的罪恶所在，我让魔鬼主宰了自己才是真正的罪恶所在。我为什么要跟着他走？我为什么要听克罗默的话，甚至比听父亲的话还多？我为什么要编造那个故事，还把罪行当作伟大的事迹，骄傲自得？现在我被恶魔抓住了，敌人正在后面追赶我。

曾有那么一瞬间，我一点都不担心明天会发生什么。我只是害怕，从明天开始，我的人生道路会越走越黑，越来越不尽如人意。我很清楚，一次失误会引发越来越多的罪行，我在兄弟姊妹之间的言行、我对父母的关切，也将变成谎言。我身上藏着一个命运和秘密，却不能公之于世。

当父亲的帽子出现在我的眼前时，我突然燃起了信心，我很想把一切都告诉父亲，不管他如何处罚我我都愿意，让他知道这一切，让他来拯救我。就像过去时常接受的那样，我会得到处罚，历经残酷的时刻，艰难地请求宽恕。

这听上去太美好了！太吸引人了！可是这根本不可能。我知道我不可能那么做，我知道我现在是有秘密的人，我必须一个人承担罪过，可能我走到了一个十字路口。可能从现在开始，我将一直是一个败类，一定要和恶徒共享心中的秘密，以他们为仰仗，听他们的命令，成为和他们一样的人。我自以为自己已经长大了，可以乔装成一个英雄，现在我必须承担后果。

进入房间时，父亲批评我没有擦干净湿了的靴子，我反倒乐开了花。他的注意力成功被转移了，以至于他没有发现更加糟糕的事。我默默地忍受了父亲的批评，并偷偷把它归咎到另一个错误上。在这一刹那，一种从来没有过的奇怪感觉、一种满是邪恶的想法出现在我的脑海里，我觉得自己的地位高过父亲了！霎时，我觉得自己就像一个其实是犯了谋杀的罪行，却因为偷了面包而遭到审判的小偷。这种感觉太可恶了，而且很叛逆，可是却对我极具吸引力，甚至超过我那些和秘密、罪过相关的想法。可能克罗默已经在警察面前揭发了我，我马上就会面临暴风雨，而我在这个家还依然被当作小孩子。

直到现在为止，整个事件中至关重要的一刻给我带来了深远的影响。它是对父亲神圣形象造成危害的第一道裂缝，是引起支柱倒塌的第一道裂缝，这个支柱曾经撑起童年天地，它会被摧毁于每个人最终变成自己以前。命运的底蕴包括其他人看不到的经验，这样的分裂会重新缝合，会愈合且被忘到脑后，可是它依然存在于隐秘的深处，持续淌血。

这股崭新的感受马上让我战战兢兢起来，我真想立刻跪下来亲吻父亲的双脚，希望他能原谅我。可是，任何人都不会无缘无故地请求对方原谅，在这方面，和所有智者一样，一个孩子的认知也非常清晰、迫切。

对于发生在我身上的事情，我需要好好思考一下，想想明天该怎么办，只是我不可以这样做。一整个晚上，我都在忙着和家中变了样的气氛相适应。客厅墙上的钟和桌子、《圣经》和镜子、书架和墙上的画，似乎都在跟我说再见，我一定要淡漠地审视我的世界，看着自己一步步远离幸福的生活。我一定要体会自己怎么和外头的黑暗相适应。我第一次品尝到死亡的滋味，死亡真是太苦了，因为它是新生，它是一种和重生相对的恐惧。

太高兴了，我终于躺在了自己的床上！对于我来说，之前的晚祷就像最后的炼狱，大家还唱了一首赞美歌，我最喜欢的就是那一首了。啊，可是我没有跟着大家一起唱，对于我来说，每个音符都像一个重磅炸弹。父亲念着祷告词，我也没有跟着一起做祷告，当他念到最后一句："上帝与我们同在！"我突然感到一阵痉挛，不由得离开了众人。上帝的恩赐和他们同在，而我却是被排除在外的。我拖着疲惫的身体回到了房间。

我在床上躺了一会儿，顿时觉得温暖又安宁，我那被害怕填满的心再次感到疑惑，犹豫着发生的事情。和往常一样，母亲来和我说晚安，我听到她的脚步声一直回荡在房间里，烛光似乎还闪烁在门缝边。此时，我心想，她还会再回来，她发现我不同于以往，会亲吻我，关切地问我怎么了，之后我会痛哭失声，心里压着的那块大石头终于落下了地，我会抱着她，把实情告诉她，之后一切就都烟消云散了，我会得到救赎。门缝暗了下来，我还侧耳聆听了一会儿，相信一定会出现这些场景。

之后，我再次陷入困境中，敌人的影像再次出现在我的眼前。我可以清晰地看到他的一只眼睛眯着，大笑不止。我看着他，觉得自己会一直被他所禁锢，就在这时，他整个人变得更加难看，邪恶的眼神里有像魔鬼一样的光芒在闪烁。他一直紧紧缠着我，直到我进入梦乡。之后，他并没有出现在我的梦里，今天发生的事也没有出现在我的梦里，我们一家人，爸爸妈妈、姊妹们出现在我的梦里，我们一起在船上享受着美好的时光。晚上，我惊醒了，反复体会着梦里的美好，似乎还看见姊妹的白色夏衣在阳光的照耀下发出柔和的光芒。之后我开始坠落，凶狠的敌人再次出现在我的眼前。

第二天一早，母亲急匆匆跑进我的屋子，告诉我时间很晚了，我怎么还没有起来，这时的我看上去状况很不好。她问我怎么了，我说我呕吐了。

我好像达到了目的。我很喜欢身体偶尔抱恙，可以一整个早上都待在床上，喝喝甘菊茶，听母亲收拾房间、莉娜和肉贩讲话的声音。这样一个上午，不用上学，就像童话一般美好，透过窗户照进来的阳光明显不同于学校的阳光，前者更加动人。可是今天，这一切都没有了原来的味道，就连声响都不对。啊，真希望现在就从人群中消失。可是，我只是和以前一样，只是身体有一点小小的不舒服而已，而且任何事实都不会因此发生变化。尽管我可以因为生病不去上学，可是依然要受到克罗默的威胁：到11点钟，他依然会在市场上等我。这一次，母亲的和蔼不仅不会让我得到丝毫安慰，还会让我感到难受。我只好继续装睡，同时脑子开始飞速运转。无计可施了，我必须在11点钟赶到市场。于是，刚到10点，我就小心翼翼地下了床，跟母亲说我好多了。一般这种情况，我得继续回到床上躺着，或者下午才回学校。可是这次我却对母亲说我想去学校。其实我是另有想法。

我必须带钱去见克罗默。我一定要把我的小存钱罐拿到。我知道，存钱罐里面的钱尽管很少，压根不够给克罗默的，可是不管怎样，有总比没有强，更何况我的直觉告诉我，最起码可以让克罗默少安毋躁。

我把短袜穿好，像做贼一样溜到母亲的房间里，把我的存钱罐拿出来，我的情绪很不好，可是已经比昨天好多了。我的心跳得飞快，差不多都快无法呼吸了。我把存钱罐拿到楼梯间，却发现它上了锁，这下更让我透不过气来了。事实上，很容易就可以打开它，只需要把一片薄薄的铁片扯开就可以了，可是这个动作会让我承受痛苦，我成了一名真正的偷窃犯。在那之前，我只是偷吃食物、糖果和水果而已。可是这次却真的偷窃了，哪怕偷的是我自己的钱。我觉得我离克罗默和他的世界更近了，一步步堕入深渊。已经这样了，就继续沉沦吧，我已经被恶魔抓住了，已经由不得我了。我忐忑地数着钱，存钱罐的声音听上去很清脆，钱却太少了，一共才六十五分尼。我把存钱罐藏起来，把钱握得紧紧的，从家门走出去。今天出门的感觉和平常太不相同了，我听到好像有人在叫我，我快步跑开了。

还要过一会儿才到碰面的时间，我绕着小道走，这个城市似乎不同以往，天空的云朵也变得不熟悉了，两边的房子好像都在向我行注目礼，路人看向我的眼光也充满怀疑。走着走着，我突然想到，有个同学曾经在家畜市场捡到过一枚塔勒。我真想请上帝发发慈悲，让我也可以捡到类似的东西，可是我已经没有资格向上帝发出请求了。哪怕我真的捡到钱，也没办法把损毁了的存钱罐修好。

克罗默老远就看到我了，可是他却像没看到我一样，慢悠悠地走过来。刚靠近我，他就暗示我跟在他后面走。他趾高气扬地走在前面，沿着史多路一直往下走，经过小桥，直到来到几幢房子附近的一座新建筑物前，他才停了下来。这里没有施工人员，裸露的墙壁还没有装上门窗。克罗默望了一眼周围，从门口进去，我随即跟上去。他走到墙后，示意我过去，同时把手伸向我。

“带了吗？”他面无表情地问。

我把紧握着钱的手从口袋里拿出来，全放在他的手心里。最后一个五分尼还在我手里攥着，他就已经把数量数出来了。

“六十五分尼。”他瞪了我一眼说。

“没错，”我心虚地说，“我所有的钱都在这儿了，我知道不够，可是这真的是我的全部了，我没有了。”

“我还以为你是个聪明人。”他耐心地、温柔地批评我，“正直的人要掌握好尺度。我不会把你身上不该拿的东西拿走。拿走你的钱，拿走！另一个人，你知道我在说谁，不会和我说这么多，一个子儿都不会宽限我。”

“可是这真的是我所有的钱了。”

“那和我无关。可是，我不想让你伤心。我先把这些收下，还差一马克三十五分尼。你什么时候可以给我？”

“喔，克罗默，你相信我，我一定会给你的，只是我现在还不知道具体什么时候——可能很快，明天或后天吧！你知道这件事我不能让我爸爸知道。”

“这和我无关。我并不想让你为难。事实上在中午以前，我就可以拿到我的钱，你明白的，我可是个穷人。你有美丽的衣服，有丰盛的午餐。可是，我不会把任何事情说出去。我愿意再等一等。后天，我会向你吹口哨，应该是下午，之后你处理好这件事情。我的口哨声你认得吧？”

他朝我吹了声口哨，事实上我之前就听到过很多次。

“好，”我说，“我知道。”

于是他独自一个人离开了，似乎我们之间毫无关系，我们只是单纯进行了一个交易，此外，没有发生任何事情。

哪怕到了今天，我想，如果克罗默的口哨声突然传入我的耳畔，我依然会吓一跳。自从那天以后，它就时常出现在我的耳畔，就像我的影子一样，不管在哪里，不管我在干什么，我都可以听到哨声，我的生活被它完全控制住了，它成了我无法摆脱的命运。温暖、绚烂的秋日午后，我时常在家中我很喜欢的小花园里待着时，一个奇特的想法会促使我再次玩起童年时的游戏：扮演一个温顺的、快乐无忧的小男孩，玩着幼稚又安全的游戏。可是，我总是觉得克罗默式的口哨声随时会传过来，把我的思路打断，把我的想象摧毁。之后我必须从花园里离开，跟在他后面走到丑陋不堪的地方，不停地为自己分辩，让他警告我和钱有关的事。

一连好几个星期，这种情形都没有任何改变，可是对于我来说，却像有好几年那么长，好像一直没有尽头。我很少找到钱，通常是一个五分尼或十分尼，那是莉娜放在厨房桌上的菜篮子里的钱。每次我都会遭到克罗默的斥责，他说我想骗他，不想给他钱，他说我把属于他的东西偷走了，让他遭受不幸。这是我的生命第一次遭受如此大的痛苦，第一次感到这么绝望，第一次被人奴役。

我把赌博用的筹码放到那个存钱罐里面，以装作什么都还在的样子，再把它搁回原处。这件事从来没有人问起过。可是，我却每日遭到这样的梦魇的侵袭。和克罗默的哨声相比，我更害怕母亲，只要她一靠近我，我就在想，她是来问存钱罐的事吗？

一连几次，我都没有带钱去见我的恶魔，他就变着法儿地折磨我。我一定要为他工作。他父亲要求他做的事，他都会推到我身上。或者，他会要我完成一些难度很大的任务，比如单脚跳十分钟、把一张废纸贴在路人的衣服上。很多个晚上，这些痛苦都进入了梦境，让我从梦中惊醒，全身都被冷汗浸湿了。

有一段时间，我是真的生病了，经常呕吐，还畏寒，到了晚上却流汗、发热。母亲发现我不舒服，就更加关心我了，这让我很是难受，因为我没办法信赖她。

一天晚上，我已经在床上躺着了，她给我拿了一小块巧克力过来。就像过去那样，只要我乖乖听话，晚上入睡时我就会得到一块甜点，以作为奖励。现在，母亲就在床边站着，递给我巧克力，我痛苦得连连摇头。她问我怎么了，还轻柔地抚摸我的头发。我只能反复说道："不要，不要！我什么都不要！"她把巧克力放在床头柜上，然后走了出去。第二次，她想要问我这件事，却被我敷衍了过去。有一次，她带我去看医生，医生给我检查过后说，要我每天早上都洗冷水浴。

我当时的状况实在是太糟糕了，处于濒临崩溃的边缘。身处秩序井然的家中，我却和个幽灵没什么区别，过着提心吊胆的日子。我没有和家人一起活动，没办法保持专注。我总是沉默应对父亲声嘶力竭的询问。

该隐

拯救我的时刻是忽然到来的，之后绽放的新生命，更是影响到现在。

没过多久，学校转来了一个学生。他的母亲是一个有钱的寡妇，最近才搬到我们镇上来，他手臂上还戴着醒目的黑纱。这个转校生高我一级，却年长我不少，和其他人一样，我很快就发现他和别人不同。从外表上来看，这个学生比实际年龄看起来成熟，让人感觉像个大人。相比我们这些还冒着傻气的男孩，他显得更加成熟，和一个大人无异，更准确地来说，更像一名绅士。他在同学们中间的人缘并不是太好，从不加入同学间的嬉戏打闹，就更别提打架滋事了。可是因为在和老师作对时他所表现出的自信和坚定，让同学们对他刮目相看。他的名字是马克斯·德米安。

有一天，就像学校里时不时会出现的情况一样，因为某种原因，另一个班级会到我们的大教室和我们一起上课。这个班级正是德米安所在的班级。当时，我们班正在学习《圣经》故事，他们那班要求写作文。当老师对该隐和亚伯的故事进行一而再、再而三的陈述时，我不止一次抬头望向德米安。他的脸实在是让人移不开眼，他那张脸孔上写满了聪明和坚定，做功课时更是写满了智慧。他给人的感觉是，他是个学者，正在对问题进行研究。说实话，我并不太喜欢他这副样子，甚至有点排斥，对于我而言，他表现得过于高高在上，过于淡漠，举止过于成熟，因此会给人挑衅的感觉。他的眼睛里闪烁着大人的光彩，这不是小孩子所喜欢的。他的眼神里又有一股忧郁，还带着一丝嘲弄。可是，无论我对他是什么感情，我都不由得向他转过头去。只要他一看向我这边，我就马上收回目光。今天，想到他当学生时的样子，我只能给出这样的评价：他不管哪方面都不同于其他人，是那么独特，也因此吸引了更多人的目光。他尽可能在人群中隐没自己，所以举止打扮都像微服私访的王子，有意和农民百姓打成一片，不想彰显自己的不同。

放学回家时，他在我后面走。等到其他同学都走了，他跑过来跟我问好。即便是问好的方式，也显得很成熟，很绅士，哪怕他已经有意模仿学生的语气了。

“我们一起走好吗？”他真心诚意地问我。我乐不可支地点点头，之后跟他说我在哪里住。

“啊，是那里啊！”他笑着说，“我早就知道那幢房子，你们家门上方有一个特别少见的东西，只要一看到它，我的兴趣就来了。”

我一时不明白他在说什么，对于他好像比我还了解我家的事实，我感到非常吃惊。我想，他说的可能是大门拱顶上方，作为拱顶石的一个和徽章类似的东西。可是因为历经了太久的岁月，它已经被磨蚀得太厉害了。人们对它重新染过几次色，据我所知，它和我们家族其实没有任何关联。

“我不太了解这个，”我非常小心地说，“好像是一只像鸟一样的东西，应该说具有相当的历史了。这幢房子的前身是修道院。”

“有可能，”他赞同地说道，“你再好好看看它！这类徽章特别有意思。我觉得那是一只雀鹰。”

我们继续往前走，我觉得浑身都不太舒服。而德米安似乎想到什么好玩的事，不由得笑出了声。

“嗯，我和你们一起上了一节课。”他快活地讲着，

“是和那位额头上有记号的该隐相关的故事，对吧？你喜欢这个故事吗？”

不，我一点都不喜欢，对于那些不得不学习的事物，我都谈不上喜欢。可是我不敢说实话，因为他就像个大人一样在跟我说话一样。所以我违心地说，这个故事我很喜欢。

德米安拍了拍我的肩膀。“不要说假话啦，我的朋友。可是，我觉得这个故事其实很奇怪，甚至比课堂上所讲的部分还要奇怪。可是你们老师并没有多讲，只讲了一些和上帝、罪恶相关的故事。可是我觉得……”他停顿了一下，笑着对我说，“你喜欢这个，对吧？”

“没错，我想也是，”他接着说道，“我们也可以站在一个全新的角度来对该隐的故事进行解释。当然，我们不能全部推翻老师教给我们的部分。可是，我们在看待它们时，也可以用不同于老师的方式来进行，而且这么一来，有很大的可能可以对它们进行更好的解释。比如该隐和他额头上有记号的这个故事，对于老师给的解释，我实在是不满意。你认为呢？有个人和自己的兄弟发生纷争，然后打死了对方，当然，这种事是有发生的可能性的。之后，他害怕并主动认罪，这也不是不可能的。可是，他却因为害怕而得到了一枚勋章，以此来给他提供保护，并把其他人吓退了，这也太荒谬了吧！”

“我完全赞同你说的，”我开始觉得有意思了，“可是这个故事要如何解释才好呢？”

他拍了拍我的肩膀。

“再简单不过了。故事一开始，那个记号就是它的主要线索。大家很害怕脸上长有某种令人恐怖的东西的男人，于是离他远远的，不管是对他，还是对他的后代，大家都心怀恐惧。也许我们可以非常肯定地说，他额头上并不是真的有一个记号，并不像邮戳那么明显，这么简陋的记号在实际生活中几乎很少会看到。我反倒认为，它更像普通人看不到、无法说出来的一种灾难，凌驾于一般人习惯之上的灵性和胆量。这位男子拥有某种让人恐惧的气势。他有一个这样的‘记号’，每个人都可以给出自己的解释，而人们通常习惯根据最简单的推理给出解释，让事情和自己的心意相符。所以，对于该隐的后裔，人们心生畏惧，他们有一个‘记号’，大家不合理地对这个记号进行解释，也将之看作勋章，用完全相反的意义来解释它。人们说，有这个记号的人会让人感到害怕。没错，他们是让人心生畏惧，有胆量和个性的人都会让人害怕。一个有胆量且让人害怕的家族四处流窜，当然是人们不愿意看到的情形。于是，他们把封号和寓言强加在这个家族身上，这样一来，就和他们打成平手了，就可以对自己感到的害怕进行弥补了。你明白吗？”

“我明白，这意味着，该隐原本不是什么邪恶的人？

《圣经》里的这个故事压根就是不对的？”

“这样的推理既有对的地方，也有不对的地方。像这样历史悠久的故事往往是真的，只是后人没有照实加以记录，也没有正确地解释它。总的来说，我觉得该隐是个特别优秀的人，只是因为大家对他心生畏惧，才在他身上强加这个故事。这个故事压根就是编造的，就像人们的闲聊一样。除非该隐和他的后裔身上真的有一种和其他人不同的‘记号’，这个故事才有可能是真的。”

我觉得很吃惊。

“难道你觉得该隐根本没有杀他的兄弟？”我的语调不由得高了八度。

“喔，不，我不是这样想的。弱者被强者杀死，那肯定是真的，这是再正常不过的事。我们也可以对他所杀的对象究竟是不是他的兄弟提出疑问，可是这不是重点，再怎么说所有人都是兄弟。一名强者把一名弱者杀死了，也许是一件伟大的事情，也可能很渺小。总的来说，其他弱者因为心里害怕，于是争先恐后地去申诉，可是假如问他们‘你们怎么不直接打死他’，他们肯定不会说‘因为我们很胆小’，而是会说‘我们无法杀他，因为他身上有一个上帝给他的记号’。这个谎的来龙去脉应该是这样的。看，我浪费了你不少时间。那么，再见吧！”

他拐进一条旧巷子里，只剩下我一个人。我太吃惊了。我觉得他所说的一切太不可思议了。该隐很高尚，亚伯很胆小！该隐的记号是一种褒奖！真是太可笑了，简直是对神明的亵渎，旁门左道。按照他的说法，亲爱的上帝算什么？难道亚伯的牺牲他是认可的？他不爱亚伯吗？不，一派胡言！我猜，德米安是想借机拿我开玩笑，引诱我上当受骗。他真的是很聪明，巧舌如簧，可是对于我而言——不！

在《圣经》故事和其他故事上面，我从来没有投入过那么多的精力，这是这么久以来我头一次完全忘记克罗默，哪怕这个时间很短，只有几小时、一整个晚上。回到家，我又看了一遍该隐的故事，故事不长，叙述得也很清楚，和《圣经》上写的没有任何出入。想在这个故事中搜寻隐藏得很深的解释，实在是太狂妄了。要不然，每个杀人犯都可以用上帝的宠儿自称，这简直是胡闹！德米安只是那种描述的态度让人欣赏，至于他讲述这些事的样子，实在是太轻佻了，似乎一切本来就是这样，还有那双好看的眼睛！

说到底，当时的我生活得糟糕透顶。我原本在光明、秩序井然的世界生活，也是和亚伯一类的人。可是如今却被“另一个世界”所包围，堕落得很深，而且毫无招架之力。当时到底是什么样的情况呢？我想到那个倒霉的夜晚，引发今日的痛苦和父亲不无关联。我似乎在一刹那把他看穿了，对他和他的光明世界，以及那些金科玉律表示厌弃。是的，当时我想象自己就是该隐，身上有记号，我觉得这个记号是值得褒奖的，并不代表着耻辱，而且，在我看来，因为我的邪恶和倒霉，我要比父亲，比所有好人和虔诚的人都要高尚得多。

当这件事情发生时，我并没有看得这么深，可是当时确实是结果一时失控。奇怪的失控。它们让我难过，也让我颇以为傲。

当我平静下来，我会想到，德米安在谈到勇者和懦夫时，他的方式是多么与众不同啊！他在解释该隐头上的记号时，是多么脱俗啊！我想到他的眼睛，总是有成人般的眼神露出来，让人吃惊不小。当他说话时，他的双眼会放射出奇妙的光！我忽然产生这样的想法：德米安会不会是该隐之辈？如果他和该隐没有共通的想法，又怎么会想要为他申辩？为什么他的眼睛总是那么有神？他在谈论那些虔诚的、谦逊的“上帝选民”时，为什么要用那么讥讽的语气?

这些念头一直盘桓在我的脑海里，它们就像一颗石头掉到井里面，而我小时候的心灵正是这口井。有相当长一段时间，该隐、陷害和记号这些故事成为重点，一旦我理解、质疑和审判时，都可以在这个重点上找到突破口。

我发现对于德米安的事，其他学生也非常乐意探讨。对于他对该隐故事的解释，我没有向任何人说过，可是这丝毫不影响其他人对他感兴趣，最起码这位“新生”的谣言我在哪儿都可以听到。并不是所有的谣言我现在都还记得，每则谣言都有可能把他的面纱揭开，每则谣言都有人给予解释。记得谣言一开始是这样的：德米安的母亲非常有钱，她和她的儿子都从来不上教堂。还有谣言说，他们是犹太人。与此同时，大家还编了不少德米安具有高超武艺的童话故事，可以肯定的一点是，他确实好好侮辱过他们班上最为健壮的同学。这个同学向他发出挑战书，德米安没有理睬他，他就骂德米安胆小。当时在现场的人说，德米安仅用一只手就把他的脖子掐得紧紧的，那小子马上就面无血色，随后滚得远远的了，可是两只手臂一整天都是僵硬的，甚至还有人说，当天晚上他就一命呜呼了。有一段时间，任何和德米安相关的谣言，即便是荒谬至极，依然有人相信，哪怕某天大家都觉得腻味了，消停了一段时间，要不了多长时间又会有新的谣言出现。这会儿他们谣传，德米安和女生关系很亲密，而且“擅长此道”。

这段时间，我和克罗默之间的事情持续发展着。我无法把他甩掉，哪怕他偶尔一连几天都没有来找我，我仍然受到他的约束。他就像影子一样跟在我身边，时常在我的梦里出现，在现实中他没有对我做的事情，在我的想象力的作用下，他就会在我的梦中践行。在梦里，我完全被他所奴役。我原本就喜欢做梦，我活在梦中，甚至要超过我活在现实里。受克罗默的影响，我的生命一天天暗淡下去。我时常梦到克罗默侵害我，朝我吐口水，用膝盖压我，更可恨的是，他诱使我犯下极大的罪过——事实上这称不上是诱使，更准确地来说，是我在他的权威面前屈服。其中最恐怖的一个梦是我们一起对我的父亲进行谋杀，当我惊醒时，我差一点就精神失常了。梦里，克罗默把一把刀磨好，让我握着它，我们在林荫大道的树后面藏好，等着某人，一开始我并不知道我在等谁。直到那人靠近，克罗默揪我的手臂，示意这个人就是我要杀的人，我才知道那人竟然是我的父亲。我立刻惊醒过来。

我不由得联想到该隐和亚伯的故事，可是德米安却没有时常出现在我的脑海里。让人讶异的是，德米安重新出现在我的梦里。我又梦到自己遭到了欺侮，可是这次是德米安用膝盖压我，而不是克罗默。而且，这次的梦和以往都不一样，给我留下的印象非常深刻。每当我被克罗默欺侮时，我的内心都是痛苦的，可是，当德米安欺侮我时，我却甘之如饴，心里的感觉很复杂，有快乐也有害怕。我连续两次做同样的梦，之后，克罗默重新回到我的梦中。

其实，我已经分不清现实和梦境。可是无论如何，我和克罗默之间的关系一直很紧张。即便到最后，我用每次偷来的小钱还清了欠债，这件事依然没完。他时常问我是从哪儿偷的钱，因此他知道我偷钱的事，于是，他愈加严厉地掌控了我。他多次威胁我，要把这件事告诉我父亲。我后悔得要命，为什么我一开始不跟父亲说实话。相比害怕，我更感到遗憾。可是，虽然我遭受了这么大的不幸，我却没有时常后悔我所做的这一切，有时候甚至相信这是命运使然。我命中注定要遭遇这些劫难，根本没办法摆脱。

因为我所遭受到的折磨，我的父母应该也吃尽了苦头。我似乎被恶魔附身，再也没办法和这个曾经亲密无间的家融为一体。有时候，我会无端地感到忧伤，希望回到天堂。我的家人，特别是我的母亲，都觉得我是个病人，并没有觉得我精神有问题。可是，两个姊妹的态度最能把事实反映出来。她们太体贴了，甚至让我觉得难受，情况再明显不过了，我是着了魔，大家应该感到可惜，而不应该指责。可是，在我身上附着的灵确实是恶灵。大家在为我祈祷时采取了和以往截然不同的方式，可是我觉得祈祷完全没有意义。我想要解脱，希望真诚的懊悔，可是我早就知道，我不会把这一切告诉父母，也无法给出合理的解释。我知道，不管怎样，他们都会亲切地接受，也会体贴我，甚至对我生出恻隐之心，可是就是没办法完全理解。他们也许会觉得这整件事就是一种失序行为，而它其实是一种命运。

我知道有些人肯定会表示怀疑，一个才十岁的孩子为什么会有这样的想法，可我的故事是讲给那些对人性更加了解的人听的，而不是讲给这些人听的。成人已经知道如何用想法把自己的感觉表达出来，因此在他们看来，孩子是不具备思想的，于是觉得孩子们不可能有这些感觉。可是，这是我这一生中最深刻的、最让我受到伤害的感受。

一个阴雨绵绵的天气，欺侮我的人约我去城堡广场。我站在那里等他，黑色的栗子树上不停有湿答答的叶片落下来，我用脚搜寻着这些潮湿的树叶。我身上没有钱，可是，我留了两块蛋糕，这样见到克罗默时好有东西塞给他。一直以来，我都是站在角落里等他，我对此已经习以为常，而且往往一等就是很久。对此，我从来不敢说什么，就像对于无法改变的事情，一般人总是选择忍受一样。

过了很久，克罗默终于来了，可是，他只是待了一会儿。他敲了我几下，把我的蛋糕接过去，甚至还把一根点燃的香烟递给我，可是我没有接。相比平常，此刻的他要和善得多。

“顺便说一下，”当他准备离开时，他说，“下次你可以和你的姊妹一起过来，我是说你的姐姐，她究竟叫什么？”

我完全没听懂他说的什么意思，所以没有回复他，只是带着一脸惊讶的表情看着他。

“你没听明白我是什么意思吗？我要你把你姐姐带过来。”

“我知道你说的是什么意思，克罗默，可是这是不可能的事。我怎么能这么做呢，再说她也不会和我一起来。”

我想，这只不过又是一个幌子，因为他时常要我完成一些根本不可能完成的任务，恐吓我、羞辱我，再得寸进尺，最后为了满足他，我必须给他一些钱或者礼物。

这回他却完全不同于以往，对于我的拒绝，他并没有表现出很生气的样子。

“那好吧，”他慢条斯理地说，“你自己好好想想。我想和你姐姐认识一下，你就找个机会和她一块儿散步，然后我也跟着一起就行了，明天我会向你吹口哨的，到时我们再对这件事情进行细细商谈。”

他走了以后，我才意识到他有什么目的。虽然我还小，可是我多少知道一些男女长大以后，会在一起进行的禁忌活动。而我现在——我突然明白过来，这事有多么恐怖！我马上就想好了，我一定不会听从克罗默的命令。可是接下来会有什么事情发生呢？克罗默会如何报复我？我几乎不敢想象。对于我来说，这又是新折磨的开始。

我把双手插在口袋里，心如死灰地从空无一人的广场穿过。新的痛苦，新的压迫！

这时，从我身后突然传来一个沙哑的声音，我吓得立马逃窜起来。有个人一直跟在我后面，从后面轻轻地拽住我。是德米安。

我没再继续跑。

“原来是你！”我有点惊讶，“你可吓死我了！”

他看着我，一种从未有过的成熟、谨慎，似乎能看穿一切的眼神流露出来。我们已经太长时间没在一起说话了。

“对不起，”他非常客气却不乏坚定地说，“可是你为什么要这么惊慌呢？”

“你吓到我了呀，这种事不是原本就是这样的吗？”

“可能是吧！可是，假如吓到你的人是一个从来没有伤害过你的人，那他就会觉得很惊讶，想知道为什么。他可能会想，原来你的胆子这么小，之后想到：人在害怕时极易受到惊吓。胆小的人时常会感到害怕，可是我相信你不是一个胆小的人，对吧？哦，当然，你也不是什么特别胆大的人。你总会害怕一些东西，会害怕一些人。可是千万不要这样，不可以，我们不应该害怕人。你该不会害怕我吧？还是……”

“哦，不是的。”

“你看，就是嘛！可是你就是对某些人心生畏惧，对吗？”

“我不清楚……不要再问了。你找我有事吗？”

我只想尽快离开这里，于是加快了行走的速度，他快步跟上我，我能察觉到他的眼神。

“你就相信我一次嘛！”他说道，“我是出于好心。最起码你不用对我心生畏惧。我想跟你一起做一个实验，这个实验很有意思。而且，你会从中有所收获。你听好喽！

有时候我会试验一种本领，大家用读心术称呼它。它并不是妖术，可是如果你不知道，就会觉得难以置信。你可以用它来唬人。现在，我们来尝试一下。我喜欢你，也许是觉得你很有趣，想要知道你心里是怎么想的。我已经完成了第一步。我吓到你了，证明你太易受惊吓了。因此你会害怕某些人。那是为什么呢？因为我们压根不需要害怕任何人。如果你对某人心生畏惧，那证明你让他拥有了这个权力。如果你做坏事被他人看到了，他就有权成为你的主宰。你明白吗？很明白，对吧？”

我一脸茫然地看着他，看上去，这张脸和平常并没有什么不同，依然很严肃，很聪明，很亲切，看不出任何温柔的神色，只能看到一腔正义。我不知道到底发生了什么事，现在的他就像一个魔术师一样。

“你听懂了吗？”他又问了一次。

我点点头，却一句话也说不出来。

“刚刚我已经说过了，读心术听起来好像很怪异，事实上很简单。我也可以给你举个例子，像上次你跟我说该隐和亚伯的故事时，我马上就知道你当时是怎么看我的。可是，这件事和这个一点关系都没有。我也觉得我可能在你梦里出现过，我们也不需要谈这个梦。你是个聪慧的孩子，大部分人都很傻。我喜欢和聪慧的、我相信的孩子对话。你愿意吗？”

“哦，好。只是我还很疑惑……”

“我们把这个有意思的实验进行下去吧！于是，我们发现：辛克莱同学胆子很小，他对某人心生畏惧，也许他和这个人有共同的秘密，因为这个秘密，他整日心神不宁。是这样吗？”

我就像在梦里一样，被他的声音和影响力所深深折服。我只能点头。此刻，难道是我在说话吗？这个声音知道所有事？这个声音比我还了解这一切？德米安用力拍了拍我。

“所以，我说的都是对的。我早就猜到了。现在还有一个问题：刚刚在城堡广场，从你身边离开的那个男孩叫什么名字，你知道吗？”

我吃惊极了，他触碰到了我难过的原因所在，我特别想要隐瞒。

“哪个男孩？刚刚那里就只有我一个人啊！”

“你就说出来吧！”他笑着说，“他叫什么名字？”

我小声说道：“你是说那个克罗默？”

他这才露出满意的微笑。

“太好了！你是个聪明的小子，我们会成为朋友的。可是现在我必须告诉你：这个叫克罗默或什么的不是个好东西。我从那张脸就可以知道，他是个地痞流氓。你觉得呢？”

“是啊！”我长叹一声，“他是个恶魔，是个撒旦！可是这件事不能告诉他。天哪，千万不能让他知道，你认识他吗？还是他认识你？”

“不要这么激动！他已经没在这儿了，而且他不认识我，他怎么可能有机会认识我呢？可是，我倒很想和他认识一下。他是念公立学校吗？”

“没错。”

“哪个年级？”

“五年级。可是，求求你，什么都不要跟他说。”

“你镇定一点，你会好好的。我想你肯定不愿意再跟我多说一些和这个克罗默有关的事，对吧？”

“对的，请你饶了我吧！”

他有几分钟没有说话。

“真是太遗憾了，”他继续说道，“我们原本可以把这个实验继续进行下去的。可是我不想老是打扰你。你已经知道你不应该害怕他，对吧？这种恐惧会让人失控，我们一定不要再受它的控制。假如你想成为一个正派人，你就必须离它远远的，你知道了吗？”

“当然，你说得很对……可是那是不可能的。你真的不了解……”

“你也发现了，我是知道一些事的，甚至超出你的想象。难道你欠他钱？”

“没错，我欠他钱，可是这不重要。我不能说，真的不能！”

“因此，假如我给你钱，让你拿去还给他，依然没用，对不对？我真的可以给你钱。”

“不，不，不是这样的！我求求你，跟任何人都不要提起这件事！一个字都不要说！你让我很痛苦！”

“辛克莱，相信我。过段时间，跟我说说你们之间的秘密……”

“不，不可能！”我愤怒地叫出声来。

“那随你吧！我只是想，可能以后我们可以多交流一些。当然得你愿意！你该不会觉得我和克罗默是一条战线上的吧？”

“哦，不，可是你真的不了解情况。”

“我确实不知道，我只是在思考而已。而且我和克罗默完全不一样，这点你要相信我。你可不欠我什么东西。”

我们安静了好久，我的情绪才平稳下来。可是，我愈加无法理解德米安所知道的事。

“现在我要回家了。”他边说边在雨中把呢大衣拉紧，“我们已经谈得不少了，因此我只想告诉你一件事，那就是，你应该离这小子远远的！如果无计可施的话，不妨打死他。如果你这么做，我会真心为你感到高兴，还会对你心生敬仰，而且我也会助你一臂之力。”

我再次感到害怕。突然间，我又想到该隐的故事。我觉得害怕，不由得抽泣起来。我身边恐怖的事情实在是太多了。

“好吧，”德米安笑着说，“你回家吧！我们总会想到办法的，尽管打死人这种方式太简单了。这种事啊，最好的方式往往都很简单。克罗默不可能是你的好朋友。”

我回家以后，顿时觉得似乎已经离家很久了，家中一切看上去都不同以往。我和克罗默之间好像一下多出了某种东西，像是类似于将来、希冀一类的东西。我一下有了同伴。而且我直到现在才发现，过去几周以来，我一个人将秘密埋在心底，实在是太可怕了。我马上想到不止一次想过的事：在父母亲面前悔过，可能会让我的心理负担减轻一点，却没办法让我真的走出来。而现在我却差点向另一个人，另一个不认识的人坦承这一切。我想象自己得到了解脱，这份想象就像一股香气，直直窜入我的鼻孔！

可是，这么久以来，我一直无法打败我的害怕。我觉得自己还要和敌人之间战斗一段时间。所以，当一切竟然莫名地沉静下来时，连我自己都觉得诧异。

我没有再听到克罗默的哨声，一天，两天，三天，一个星期都是如此。我觉得太不可思议了，内心还在暗暗思量，他会不会突然就在我的面前出现。可是，他走了，而且再也没有出现在我的面前。我疑惑于重新得到的自由，一直觉得难以相信，直到一天，我和克罗默相遇。他刚好沿着赛勒路走向我。看到我时，他似乎吃了一惊，脸上的表情要多奇怪有多奇怪，而且转身就走，以避免和我面对面。

对于我来说，这一刻还真是从来没有出现过。我的敌人竟然害怕我，我的撒旦怕我，我真是又吃惊又兴奋。

在这个过程中，德米安又现身过一次。他在校门口等我。

“你好。”我说。

“你好，辛克莱。我只是来确认一下你过得好不好。克罗默没有再来打扰你了，是吧？”

“是你做的吗？可是你是怎么做到的呢？怎么做到的呢？我压根无法理解，他再也没有来找我了。”

“这样再好不过了。如果他再来的话——我想，他不会再来了，可是再怎么说，这个家伙都很卑鄙，如果他真的来了，你只要告诉他，让他想想德米安就可以了。”

“可是，这件事和你有什么关系呢？你和他吵架了，还是和他打架了？”

“没有，我才不会这样。我只是和他交谈了一次而已，就如同我现在跟你这样，而且我让他知道，不要再靠近你了，那样对他没有好处。”

“啊，你该不会给他钱了吧？”

“没有，老弟，你不是已经尝试过这种方式了吗？”

他说完就走了。我原本还想多问一些的，此时此刻却只能在原地站着，心里满是忐忑，只是现在比以前多了些感谢和害羞、佩服和排斥。

我希望下次早点和他碰面，可以打破砂锅问到底，也顺便说说和该隐有关的事。

可是，这个愿望却一直是个愿望。

我原本并不信仰感恩这个美德，我甚至觉得，根本不可能要求一个孩子懂得感恩。也因此，对于我一点都不感谢德米安的所作所为，我也一点都不感到惊讶。下笔的今天，我相信，如果不是他当年让我摆脱克罗默的魔掌，我这一生一定会走向堕落。当时我也已经知道，对于我年少的生命来说，这番解救是个非常重大的经历。可是当解救者让奇迹诞生以后，我就翻脸不认人了。

就像我之前所说的那样，我一点都不奇怪于自己不知道感恩。只是在这样一点上，我觉得非比寻常，那就是我行动上不够有好奇心。对于德米安所泄露的秘密，我并不太想了解，仍然像平常一样过日子，这是什么情况？我把自己的欲望压制住了，没有再去多打听一些与该隐有关的事，多打听一些与克罗默有关的事，多打听一些与读心术有关的事，这究竟是什么原因呢？

虽然让人费解，却是板上钉钉的事实。我忽然不再受恶魔的控制，不用再忍受难以呼吸的痛苦。魔力不见了，我不再是受尽折磨的人，我又变成了学童。在我的本性的驱使下，我想要快速回到平和的状态，也因此费尽心思把很多丑陋的威胁移走、清除掉。所有和我的罪恶和恐惧相关的故事，不久就消失在我的记忆中，从表面上看并没有留下任何痕迹。

而今天，我也开始理解，自己当时为什么要快速地把我的救命恩人忘记。我是将受损心灵的所有力量都派上用场，远离地狱、摆脱克罗默的可怕奴役，重回曾经的美好之地。曾经消失的天堂再次向我敞开大门，我回到父母亲光明的世界、回到姊妹身边、回到圣洁的香味里、回到亚伯的真诚中。

和德米安简短交谈过后的第二天，当我深信自己再次恢复自由，不需要再担心罪行往复时，那件我渴望已久的事终于变成了现实——我忏悔了。我来到母亲面前，给她看扣锁已坏，而且里面装的全部是筹码的小存钱罐。我告诉她在相当长一段时间内，我因为犯了个错误，一直被恶徒纠缠不休。对于这件事，她并不能完全理解，可是看过存钱罐，看过我不同于以往的眼神，听过我不同于以往的声音以后，她觉得我康复了，我又重新和她在一起了。

我很高兴自己的忏悔得到了谅解，并获得了接纳。母亲把我带到父亲那里，又重述了一遍事情经过。他们觉得难以相信，一连问了我很多问题，时不时发出惊叹声，爱抚着我的头，我和长久以来的沉重心情说再见，长出了一口气。一切都是这么美好，就像故事终于走到了最后，昨天的种种都凝结成一朵美丽的花。

在这样的友好氛围中，我重新过上了和平生活，再次获得父母的认可。我被当作家中的典范，和姊妹们嬉戏的时间比以前更长了。祈祷时，我带着获救的心情，唱着熟悉的圣歌。我从内心深处感到高兴，一点都不做作。

虽然是这样，但真正的和平远没有到来！事实上这正是一个重点，足以说明我为什么要忘记德米安。唉，我真应该向他忏悔，一个真诚的忏悔！可是对于我来说却太难了。现如今，这个美好的世界是我的根，我曾经把这个美好的世界紧紧攥在手里，我回来了，也受到大度的包容。可是，德米安却和这个世界完全不相融，他们之间格格不入。尽管他不同于克罗默，可同样是一个骗子——一样把我和另一个邪恶的、不好的世界相连，而我一辈子都不想和这个世界产生交集。我不会成为他的应声虫，我不会背叛亚伯、称赞该隐，现在的我就是亚伯。

当时外在情况就是这样。内在的情况是：我逃脱了克罗默和魔鬼的魔掌，可是这并不是通过自己的努力完成的。我尝试着在这个世界的小道上行走，可是对于我来说，它太湿了，也太滑了。现在，一只和善的手给我提供了帮助，而我却转头投向了母亲的怀抱，躲到一个安全的世界，躲到童年的庇护之所。我尽力装得年幼一些、天真一些。我一定要找一个新的依靠，取代克罗默的位置，因为我不可能一个人生活下去。于是，我盲目地选择了以父亲和母亲为依靠，以我一直以来所喜欢的“光明世界”为依靠，尽管我早就知道它并不是仅有的一个。如果当时我不这么做，我就必须向德米安求助，跟他说实话。可是我没有，因为我仍然不太相信他那奇特的思想。其实我是害怕。我担心德米安会比我父母更严厉地要求我。为了让我更独立，他不惜采取种种方式，像激励、警醒、嘲讽等。啊呀，直到今天我才明白：在他人引领之下的自我路上走，是人世间最枯燥的一件事。

可是，这才隔了差不多半年时间，我依然没有抵抗住诱惑，在一次散步时，问父亲有的人说该隐要比亚伯好，他怎么看。

父亲尽管觉得很惊讶，却告诉我这种观点其实早就有了，甚至在旧约时期就有，有一些教派还对这种说法进行大肆宣扬，其中一个教派还以“该隐派”自称。他说，这个惊世骇俗的理论，只是魔鬼想要把人类信仰捣毁而已。因为大家如果相信该隐是正义的代表，亚伯是不正义的代表的话，那么人们就会对上帝提出疑问，觉得《圣经》中的上帝是不对的，也不是仅有的一个，因为他犯错了。哪怕“该隐派”确实教授并对类似的观点进行宣扬，不过这种邪说也早消失在人类历史长河中了。他很惊讶我的同学竟然知道这类事，总的来说，父亲严肃地警告我不要理会这些想法。

强　盗

假如我只对我的童年进行叙述，对父母给的安全感，子女对父母的爱，愉悦、美好的环境，放松的生活进行描述，这一定是一个令人怀念的故事。可真正让我着迷的，是我为了在生命中找寻自己所付出的那些努力。对于美好时刻和天堂所带给我的光彩，我当然知道，可是如果让这一切都在遥远的光影中留下来，我并没有再次踏进去的欲望。

所以，只要我的故事还没有走出童年时代，我就会想说说自己一开始感受到的那些新奇的事，那些推动我前行的事，和那些让我痛不欲生的事。

总是会有从“另一个世界”来的动力，总是附带可怕、压力的歉疚，总是带有颠覆性，会对我乐在其中的和平造成威胁。

在我的内心深处，有一股原始的冲动。在得到光明和认可的世界中，我必须隐藏这个原始的冲动。和所有人一样，性欲慢慢苏醒过来，它像敌人、摧毁者、禁忌、诱惑和罪恶一样，对我发动攻击。青春期中这个极为关键的秘密，带给我想象的、快乐和害怕的东西，完全不同于我之前的儿童式的安宁、被保护的幸福。当时的我和大部分人一样，早就脱离了儿童世界。我的意识还停留在家中，停留在得到许可的世界中，对这个慢慢在我心中清晰化的新世界加以否认，可是同时，也偷偷在隐秘的梦幻、愿望中生活。因为我内心的儿童世界已经荡然无存，有意识的生活建起一座不太稳固的桥梁，朝那个隐秘的世界迈过去。我的父母就像全天下的父母一样，当孩子的性本能日益苏醒时，他们从来没有给过我任何帮助，这个话题是家人的禁忌话题。他们只是更加耐心、更加细致地想要帮我完成那无效的努力，那就是对现实加以否认，持续停留在越来越不真实的儿童世界中。我不知道父母在这方面是不是真的可以给孩子提供帮助，所以我对他们并没有怨言。对于自己内心的问题，我得学会自己处理，找到一条出路。而和很多富家子弟一样，我并没有更好地遵守自己的本分。

这段难熬的日子，我相信每个人都经历过，一般情况下，在一个人的生命中，这也是极其重要的一环，在这个节骨眼上，个人的生命需求和周围环境会爆发最为严重的矛盾，历经最为残酷的挑战，才能找到前行的路。很多人都经历了重塑的过程，而且一生仅此一次。他们发现自己所热爱的事物正一步步离自己远去，童年一步步逝去，人越来越老，突然发现自己正处在一个非常孤单的境地。可是，更多人会一直停留在这个境地上，一生都在难以弥补的过去中徘徊，在失去的乐园中沉溺，那是最恐怖的梦幻。

再来说我的故事。那些告诉我童年画上句号的知觉和梦幻，并没有叙述的必要，更关键的是，那个“黑暗的世界”“另一个世界”再次出现了。原来，在我自身中也存在之前克罗默的行径。显而易见，“另一个世界”通过外在世界得到权力，对我加以控制。

克罗默事件过去好几年以后，那段被戏剧感和罪恶感填满的日子，早就离我远去了，就像一场转瞬即逝的噩梦，早已不见了踪影。克罗默早就消失在我的生命中，哪怕我们再相逢，我也许也把他忘记了。可是，德米安，悲剧中的另一位主角，却一直在我的周围徘徊，可是在相当长一段时间内，他只是在边缘远远地观望，虽然很明显，却丝毫没有作用。之后，他才又离我越来越近，再次把他的影响力发挥出来。

我试着对那个时期，我和德米安的关系进行回想。我们可以在一年甚至更长的时间都不产生交集。我故意躲着他，他也一点都不强人所难，比如有一次在路上遇到，他也只是向我点头示意。有时候我觉得，他的善意似乎带有些许嘲讽的味道，可是这也许只是我的臆测而已。我们之间一起经历的事件，以及当时他带给我的奇特影响，好像都从记忆里消失了，我们两个人都没有再想起来。

现在，我试图四处搜索他的身影，只要一想起，他就会在我的面前出现。我还可以看到当时的自己正在偷偷地观察他。我看到他孤身一人，或者和其他年长的同学一起上学。他非常孤单落寞的样子我也看到过，他似乎是众人间的一颗行星，被包裹在属于自己的气流中，在自己的轨道上运行。只有他的母亲喜欢他，也只有他的母亲亲近他。即便是和自己的母亲在一起，他也像个成人，而不像小孩。老师们尽量不给他出难题，因为他是优秀的学生，而且他也不想取悦任何人。我们时不时会听说一些有关他的消息，比如说了什么犀利的话顶撞老师，可是那应该是对老师所提出的那些无理要求进行回应，其他人没有资格评论。

我把眼睛闭上，眼前浮现了一幅画面。这是在哪里？没错，它又出现了，那是在我家门前的街道上。有一天，我看见德米安拿着一本笔记簿站在那里画画。他正在对我家大门上那个历史悠久的鸟形徽章进行临摹。我站在窗边，躲在窗帘后面看着他，惊讶于他那张专注、聪慧的脸，他专注于那个徽章。这张脸看起来和一个成熟的男人无异，或者和一个研究者、一个艺术家无异。他的脸上写满自豪，也写满毅力，非常平静，眼里有智慧的光芒在闪烁。

后来没过多长时间，我又一次看到了他，那是在路上。放学回来的路上，我们一群人正在对一匹跌倒的马品头论足。马的脖子上还套着车轭，在一辆农车前面躺着，翕动着鼻孔呼吸、喘气，让人生出恻隐之心。不知道它身上哪个地方受了伤，正在汩汩向外冒血，地上都被鲜血浸红了，而且颜色越发深了。我觉得一阵头晕目眩，赶紧别过脸去，正好看到了德米安的脸。他并没有被挤到前面，而是淡定且优雅地在人群的最后面站着，一如他平常的样子。他好像也在观察这匹马，和以往一样专注、冷静，脸上写满了癫狂和理性。

我不禁长久地看着他，一种奇特的感觉从心底油然而生，只是有点模糊。我看着德米安那张和成人无异的脸，不仅看到了他的脸，还看到了其他东西。我觉得我看到或觉察到：那也不仅仅是一张男人的脸，似乎还有什么别的东西，比如说女性的特点。又有那么一瞬间，我觉得这张脸不像男性，也不像小孩子，既不老也不年轻，似乎有千年的历史，已经定格了一样，带着其他和我们这个时代不同的印记。动物、植物，或者星辰有可能具有这种容貌——当然，这些说法都是我长大以后才出现的。当时的我并不知道这些，但就是有这样的感觉。可能他长得很标致，可能我对他有好感，或者我对他的印象也不太好，这点我难以确定。我只看到：他不同于我们，他像一只动物，或像一个灵魂，或者像一幅图画，我不知道他和什么很像，可是他就是不同于我们，这种不同超出了我的想象。

现在我已经想不出来当时的场景了，可能有部分都是从后来的印象而来。

直到很多年以后，年龄大一点了，我才和他有了更深层次的交流。德米安没有和同龄人一样，照常接受坚信礼。所以，出现了很多传言。同学之间传说他事实上是个犹太人，又可能不是，更可能是异教徒。也有人谣传，他和他的母亲并不信仰任何宗教，或者并不以某个神秘的邪教为信仰，这是尽人皆知的事实。我还听说，有人觉得他和他的母亲之间的关系就像情人一样。各种猜测的结论就是：从小到大，他从来没有接受过任何信仰教育，这可能会对他的未来造成伤害。总的来说，他母亲终于决定让他参加坚信礼，只是晚于同年纪的学生两年。于是，有几个月的时间，他都和我在一个班上上坚信礼的课。

有一段时间，我一直离他远远的，不想和他产生任何交集。对于我来说，他周边有太多的谣言和秘密。尤其是发生克罗默那件事以后，我一直对他帮助过我表示懊恼。与此同时，当时的我也烦恼于自己的秘密。在接受坚信礼课程时，我的性启蒙也处于非常关键的阶段。虽然对于这堂课，我的期望甚高，可是虔诚式的教导却大大削弱了我的兴致。牧师所说的全都是神圣的理想状态，和我的现实生活相距甚远。可能那样的世界很美好，却完全不符合现实，也不能带给我任何悸动，相比我的经验，实在是一个在天上，一个在地下。

这样一来，在课堂上，我就越来越不活跃，反倒再次开始关注起德米安来。我们之间似乎有某种东西作为纽带。我一定尽力把这条线索找到。在我的印象中，那是一堂清晨的课，天空才刚刚露出鱼肚白，教室里还有灯。授课牧师在说到该隐和亚伯的故事时，我心不在焉，根本就没有在听。这位牧师把声调提高了一些，开始对该隐的种种进行告诫。忽然，我感觉到某种悸动，就如同一个提醒朝我袭来，我蓦地抬起头，正对上坐在前面几排位子上回头看我的德米安的眼光。他的眼睛闪烁出动人的光辉，表情丰富，带着鄙视，也带着思考。他这一看，把我的好奇心全激发出来了，于是我屏息凝神，开始认真听牧师是怎么讲述该隐和他的记号的。我的内心响起一个声音，该隐的故事和牧师说的兴许不同，我们可以对它进行其他的解释，还可以对它进行批判。

从这一瞬间开始，德米安和我之间再次建立起联系。让人讶异的是，一旦建立起这种默契，我便看到它如同魔法，把我们之间的距离拉近了。我不知道是德米安有意安排的，还是纯属巧合，可是对于当时的我来说，那只是巧合。几天以后，德米安的宗教课座位忽然发生了变化，他坐到了我的正前方（我还清楚地记得，每天早上如同沙丁鱼般拥挤的教室里，所散发出的那种气味有多么令人窒息，可是他脖子上散发出来的肥皂清香又是多么好闻）。几天以后，他再次调换座位，这次，他坐到了我旁边，甚至一整个冬天、春天，他都没有再变换过位子。

自那以后，早晨就变得特别起来，我不再是一副睡不醒的样子，觉得枯燥无味，甚至开始有所期待。有时候，我们两个会非常认真地听牧师授课。坐在我旁边的德米安只需要递一个眼神给我，我就会知道接下来会有一段奇怪的故事、一句离奇的格言出现；而另一种眼神、一种极其不一般的眼神，则暗示我，把我的质疑心激发出来。

可是大部分时候，我们都不是什么好学生，很少认真听讲。不管是对老师，还是对同学，德米安永远都是客气而礼貌。他从来没有参与过男同学之间的恶作剧，我也从来没有听他大声喧哗过，更没有看到过老师批评他。他擅长运用眼神的方式引领我参与到他正在进行的观察中去，其中有些还真的不一般。

比如，他告诉我哪些同学引发了他的兴趣，以及怎么去对他们进行研究。他非常了解一些人。有一次上课前，他告诉我："只要我向你竖起大拇指，某某人就会回头盯着我们看，或搔搔领子。”在接下来的课堂中，我几乎把这件事给忘了，直到德米安忽然向我打了一个奇怪的手势，把他的大拇指朝向我这边，我迅速想起他之前跟我说的话，回头看向他所说的那个学生，果然不错，那人做出的动作和德米安预测的一模一样，就像电线接通了电源一样。我一直纠缠德米安，要他依葫芦画瓢，再对宗教课的老师进行一下测试，可是他执意不肯。曾经有一次，在上课前我告诉他，我今天没有预习功课，真希望等一下课堂上不会被点到。这次他给我提供了帮助。牧师要学生起来对教理进行背诵，他环视了一圈，最终把目光定格在心虚的我身上。他慢条斯理地走过来，用手指着我，好像马上要把我的名字叫出来——这时，他忽然开始迟疑，似乎理不清思绪，拉了拉自己的衣领，看到德米安望向他的坚定眼神，似乎马上就要问他问题一样。让人惊讶的是，牧师转身走了，咳嗽了几声，最终叫另一个学生回答了。

我很开心他会这样做，可是我也慢慢发现，我的朋友也时常这样对我。事情是这样的：上学的路上，我忽然觉得德米安就在我后面走，隔着一段距离，我回头一看，他还真的就在那里。

“你真的可以操控他人的行为吗？”我问他。

很明显，他很高兴我这样问他，表现得像成人一样理智。

“不，”他说，“我做不到。哪怕牧师认为我们有自由意志，其实我们没有，这就是原因。一个人没办法知道他自己要做什么，我也没办法让别人臆测出来我要他做什么。可是我们时常可以经过认真观察，对某人的想法或感觉进行准确的预知，大部分情况下也可以猜到他下一刻要做什么。这太简单了，只是人们不了解而已。当然这也需要练习。举例来说，某种夜蛾的雌性要比雄性少得多。这些夜蛾和所有动物孕育下一代的方式相同，雄性让雌性受精，之后雌性产卵。自然科学家总是乐此不疲地做这个试验：如果你手上有一只这种雌蛾，那么到了晚上就会吸引更多雄蛾飞来，甚至连续飞很远的路程赶来！试想一下，好几小时的路程啊！即便中间隔着几公里的距离，这些雄蛾也可以感应到这个区域有一只雌蛾。人们试着对这个现象进行解释，可是太难了。原因肯定和嗅觉脱不开干系，像那种优秀的猎犬就可以嗅出一般人难以发现的足迹，而且持续追踪下去。你明白吗？这样的事在自然界很常见，一直无从解释。可是我要说，假如这种夜蛾的雌性的数量和雄性数量相等，它们的嗅觉就不可能变得如此敏锐。这种敏锐的嗅觉是经过刻意的训练的。不管是动物还是人类，只要在某种事物上集中自己所有的意志，他们就可以实现目标。事情就是如此，你所提的问题和这个同理。你只要长久地观察一个人，就会比他自己更了解他。”

我想说出“读心术”这个词，告诉他很久以前和克罗默有关的那件事。可是，我们之间有一个很神奇的情况，那就是对于多年前他对我生命产生过极大影响的这件事从来不提，我和他都是一样，似乎我们之间之前是一片空白，或者彼此都相信对方把这件事给忘了。甚至有一两次，我们一起遇到了克罗默，可是我和德米安甚至都没有交换一个眼神，更没有因此提到他。

“可是，意志到底是什么情况？”我问，“你说人们没有自由意志。可是你又说，我们在某件事上集中我们所有的意志，之后就可以实现目标。这是前后矛盾的吧！既然我没办法对自己的意志加以控制，当然也没办法操控它。”

他拍了拍我的肩膀。这是我让他高兴时他的惯用动作。

“这个问题提得好！”他笑着说，“我们一定时常提问，时常发出疑问。可是这件事再简单不过了。比如，如果一只夜蛾要专注于朝一片星辰，或其他地方飞去的话，是根本不可能的。其实它也不会这样做，它所寻找的东西，一是于它而言有意义的、它想要的、一定得拥有的东西。也因为这样，它才能对那匪夷所思的事物唾手可得——那神奇来自它的第六感，只有它才有这种知觉！相比动物，人类拥有的空间更大，好奇心也更重。可是，相比较而言，却也被一个狭隘的空间所局限，无法突破。我可以肆无忌惮地想象，想象我不管怎样一定要到北极去，或者像这一类的愿望，可是只有当我非常关注这个愿望时，它确实和我相融合时，我才能专心致志地完成它。唯有如此，你试着做你内心引领你做的事情，你才能操控你的意志，向着目标进发，就像骑着一匹好马一样。如果我现在准备让我们的牧师以后都不要戴眼镜，那是根本不可能的事情，因为那只是玩笑而已。可是，秋天的时候，我非常坚定地想换开前排的座位，就顺理成章地实现了。有个一直以来都告病假的学生回来上课，他名字的字母顺序位于我之前，如此一来，就必须有人给他让座，而我自然就是那个人，我早就准备好了自己的意志，立刻把这个机会抓住。”

“对啊！”我说，“那时我也觉得不可思议。自从我们互相被对方吸引开始，你就坐得离我越来越近。这是为什么？你并没有一开始就坐到我旁边来，有几次先是在我前面坐，对吗？你是怎么做到的？”

“事情是这样的：当我想从第一个座位离开时，我自己也不太明确，我要到哪儿去。我只知道我要坐在很靠后的位子。我原本是想坐在你旁边，可是我自己还没有这个意识。是你的意志加进来以后给我提供了帮助。当我在你前面坐下来时，我才知道自己的愿望并没有完全实现——我发现我想要的其实是到你的旁边坐。”

“可是当时我们班上并没有来新同学啊！”

“确实没有，于是我直接做了我想做的事，直接到你旁边去坐。和我换位子的那个男孩只是觉得奇怪，可是还是同意了。尽管牧师也发现那边的座位发生了变化——每当点到我的名字时，便觉得不太对，因为他知道我叫德米安，名字拼音明明是‘D’，却坐在那么靠后的‘T’排。可是，我的愿望在抵抗这个信息，我反复阻挠他去想这件事，所以它没有进入他的意识层。这位好先生啊！他一直以来都觉得很疑惑，看着我，想把问题找出来。可是，我用了一个再简单不过的办法：每次都直视他的眼神，而且特别坚定。几乎没有人可以容忍这种凝视，但凡遇到这种情况，都会觉得紧张。如果你忽然非常坚定地看着某人，而他却完全没有紧张的感觉，那就不要再继续了！你不可能在他身上实现目的的，完全不可能！可是鲜少有人能这样，我的方法也只对一个人失效了。”

“是谁？”我迫不及待地问。

他眯缝起眼睛看我，他一旦陷入思考就会这样。之后他移开了目光，没有作答。尽管我很想知道，可还是没有继续问下去。

可是，我想他指的是他的母亲。他和她之间的关系似乎很亲密，可是他从来没有跟我说过有关她的事，也没有把我带到他家去过。我甚至都不知道他母亲长什么样子。

偶尔，我试着效仿德米安，将所有意志都集中在我想要实现的事情上，一些我很想要实现的愿望。可是终究不太顺利。我不会把我所渴望的事跟他说，他也不会开口问。

我的宗教信仰在这期间出了一点问题。我的思考方式受德米安的影响很大，可是又不同于一些同学的无神论。班上有些同学偶尔会说，如果认为存在神，不仅非常愚昧，而且和人性不符。他们说“三位一体”和“童贞诞生”之类的故事真是太荒谬了，直到今天，人们依然对这种无聊事大肆宣扬，实在是太可恨了。我实在没办法苟同这些说法。尽管我怀疑信仰，可是从童年经验中得知，虔诚生活的真实性不容置疑，这样的生活就是我的父母在过的。我知道它没什么丢人的，也很真实。事实上，我仍然深深地敬仰宗教。德米安只是为了让我形成一种习惯，在对宗教故事和教义进行诠释时，用更自由、更主观、更不受约束的方式来进行，而且将更丰富的想象力派上用场。我总是很乐意听他的建议。可是，对于我来说，有些太过于鲁莽，而且不好理解，比如说该隐的故事。

有一次上坚信礼课，他阐述了一个非常特立独行的观点，我听了很是惊讶。老师说到了骷髅地和耶稣受难的故事。在很久很久以前，我就已经听说过这个《圣经》

故事。年少时期，大概是某个耶稣受难日，当父亲把这个故事讲完时，身为小孩的我受到了很大的触动。在这个被喜悦和忧伤、生机填满的世界中，在客西马尼园和骷髅地中沉醉。只要一听到巴赫的《马太受难曲》，我就会被这个神秘世界的苦难光辉所吞没，似乎它带着强大的敬畏。今天，我在这首曲子中以及《哀悼典仪》（Actus tragicus）清唱剧中发现了所有诗歌和艺术的表达范本。

那堂课结束以后，德米安意味深长地告诉我："辛克莱，我并不太喜欢《圣经》中的一些地方。你把这个故事读一读，并对它进行校验，那两个和耶稣基督一起钉在十字架上的强盗的事，真的是太无聊了。三座十字架一字排开，位于山丘上，实是太壮观了。最后却发展成正义强盗受苦受难的剧本，一整篇都在无病呻吟。这个强盗之前犯过罪，至于犯的什么罪，就没人知道了，可是现在他后悔了，开始上演浪子回头的戏码。我问你，这种死到临头的后悔有意义吗？这肯定又是一个完完全全的神话故事。充满悲伤的感情，却华而不实，被滥情所填充，只是为了让人学会虔诚。如果今天你一定要在这两个强盗中选一个人当朋友的话，你想，你更信任谁？答案是显而易见的，肯定不会是那个整天哭个不停的皈依者。而是另一个人，他是个汉子，个性十足。他很排斥基督教，因为处在当时的环境下，这个信仰只是美丽的谎言，他一直坚持走自己的路，哪怕到了临死前，也从来没有声称不和魔鬼打交道。可想而知，直到那时，这个魔鬼依然在帮助他。这个强盗很正直。可是，在《圣经》中，刚强的人往往得不到什么好处。也许他的祖先也是该隐。你觉得呢？”

我吃惊极了。一直以来，我都笃信耶稣被钉在十字架上的故事。如今我才意识到，我在认识它上面，是多么缺乏个人的观点，又是多么狭隘。可是，听上去，德米安的新观点也好不到哪儿去，好像要将我内心的所有观念都推倒重来：我觉得，我们一定要认为这个故事持续存在。不，我们不能这样对待所有人，哪怕是最神圣的人也是如此。

就像平常一样，我还没有说什么，他马上意识到我的抗拒。

“我知道，”他妥协道，“这个故事实在是太久远了，不要太信以为真！可是我要跟你说的是：这说明这个宗教是有明显的不足的，这就是其中之一。这位《新约》和《旧约》中的理想上帝，已经有了圣人的形象，而他的实际表现却不是这样的。他善良、美好、高尚，甚至尊贵、伤春悲秋——这些都没有问题！可是这个世界的其他构成元素，都归到恶魔这一类，却忽略，甚至克制了世界的这个部分，整整半个世界。对于另半个世界怎么对上帝是生命之父进行赞美的，人们一个字都不说，还竭尽全力用魔鬼和邪灵来解释它，就像男女之间繁衍下一代的性生活，待遇也是一样的。大家尊敬耶和华上帝，我并不反对。可是我觉得，我们应该敬仰并珍惜整个世界，而不是只对人们有意表现的这一半加以关注。因此，我们不仅要膜拜上帝，也要敬仰魔鬼。我觉得这样才对。或者，我们必须打造一个将魔鬼包含在其中的上帝，如此一来，如果发生世间再自然不过的事情，就不用假装没看到。”

他一反常态，表现得有些激动，可是马上又换成一张笑脸，没有再追问我。

可是，德米安把我童年以来的疑惑说出来了，我一直被这个疑惑所困扰，只是我从来没有告诉过他人。德米安所指的上帝和恶魔，得到世界广泛认可的神圣世界和制约的魔鬼世界，是完全契合我的想法的。他的说法和我自已想象出来的神话完全符合，和我那“两个世界”的观点——一个是光明的世界，一个是黑暗的世界不谋而合。我似乎得到神圣的天启，原来我的问题并不是我独有的，而是所有人都有、是所有生命和思想的问题。我恍然明白过来，原来我个人的生命和想法，已经深深地刻进了伟大思想的洪流中。我不由得感到害怕和敬畏。这份理解对我的疑惑进行了证实，却不让我高兴。反之，它激烈且残酷，因为它代表着责任，表明我不再是孩童，一定要具有独立性。

有生以来，这是我第一次把心灵深处的秘密在他人面前袒露出来，我跟德米安说了我从童年时期就有“两个世界”的看法。他马上发现我最深处的感觉和他的意见是相呼应的。可是，他并不是那种乘胜追击的人。反之，和以前相比，他聆听得更加专注了，他一直盯着我的眼睛看，以至于我不得不把目光挪开，因为我再次在他的眼神中看到了那种像动物一样，没办法彰显年龄的永恒，那令人难以置信的、凌驾于时间之上的悠久。

“下次我们再聊久一点吧！”他间接地说，“我发现，相比你想说的，你内心的东西要多得多。如果真的是这样的话，你应该明白你的生活和你的想法并不是统一的，这不好，思想要想有价值，必须在生活中践行才可以。你已经意识到，你的‘被允许的世界’并不是世界的全部，你也试着对另一半的世界加以隐瞒，就像牧师和老师们的做法一样。这种隐瞒是无法长久的。人只要开始思考，就必须谈及这个。”

我被这些话强烈地刺激到了。

“可是，”我几乎是在尖叫，“世界上确实存在不好的和不被允许的事物，这点你必须承认吧！因为世人不允许它们，因此我们一定要弃它们而去。我知道谋杀和种种丑恶行为是存在于这世上的，可是只要它们存在，我就应该向它们学习，去犯罪吗？”

“这件事我们今天没办法讨论清楚，”德米安安慰我说，“很显然，你不能去谋杀或强奸女孩，我并不是这个意思。可是，你还无法对‘被允许的’和‘被禁止的’进行真正地理解，你才只是刚对真理有一点点感受而已，后面还有很多其他的，你等着吧！举例来说，你大概一年前就有了性欲，相比其他一切，它都要强烈得多，而且被看作‘不被允许的’。反之，希腊人和许多其他民族赋予这种性欲神性，每逢重大节日，还要对它进行敬拜。因此，‘不被允许的’并不是永恒的，它也是可以变化的。而今天，只要一个男人和一个女人到牧师面前完成了结婚仪式，他们就可以同房。可是在其他民族，却不是这样的，哪怕到了现在也是。所以，所有人都得为自己把被允许的和不被允许的事物找出来——找出对于他来说不被允许的事物。这种事情是不可能出现的——有人做了一些不被允许的事，而被冠以大恶棍的称号。反过来也是如此。说到底，只是个懒惰的问题而已。有些人不愿意思考，不想为自己的行为负责，只希望遵守别人规定的禁令就可以了，因为这样他就不会生活得那么累。还有些人有自己的一套内心法则，有些事，尽管体面的人每天都在做，可是他们却不允许自己做这件事。还有一些事，尽管他们是可以做的，却不被一般人所喜欢。每个人都必须有自己的思考，做自己的主人翁。”

突然间，他好像后悔自己说得太多了，于是不再继续。他这时候的感受，我是理解的。虽然他的态度还是像以往一样轻松，很自然地把他的想法说出来，可是，就像他曾经说过的，那种为了说话而说话的毫无意义的谈话，他是无法忍受的。对于我的事，他不仅是好奇，还掺杂了不少理性雄辩和闲聊的戏谑成分，或者像这一类的，总的来说，没有真正参与进去。

当这句我写下的——“真正参与进去”，再次出现在我的眼前时，我脑海里忽然浮现出一幅画面，那是我和德米安幼年时期所经历过的最令人难以忘怀的一刻。

不久我们就要接受坚信礼了，最后几堂宗教课的主题是“最后的晚餐”。牧师觉得这个故事太重要了，在上面花了不少心思，在课堂中，我们也被某种严肃的气氛所感染。正好在这几堂指导课中，我的心思都被其他地方占据了，而且关系到我的朋友。坚信礼意味着教会正式接纳了我们，在迎接这一天到来的同时，我也必须肯定内心的一个想法：对于我来说，这半年以来的课程带给我的收获并不在于从课堂中学到了什么，而在于我和德米安之间的距离更近了，以及他对我所产生的影响。我并没有准备好在教堂里被接纳，而是准备在一个全新的领域：我已经准备好了，准备进入思想和人格的教团，这个教团在人间肯定是存在的，而我觉得我的朋友正好可以代言它，并作为它的使者。

我试着把这些想法压制住。我严肃地对待坚信礼，无论如何，在参加这个庆祝仪式时，在典礼上，我打算和其他人不同，以代表一个思想领域接纳了我，而这些认知都来源于德米安。

那段时间的某一天，同样是在上课前，我和他展开了激烈的辩论。我的朋友看起来兴致不高，他不喜欢我刻意早熟和自大的评论。

“我们说得太多了，”他极其严肃地对我说，“机巧的谈论一点意义都没有。这种谈论只会让我们离自己越来越远。离自己远远的是在犯罪。我们一定要完全爬行在自身中，就如同一只蜗牛一样。”

说着，我们来到了学校大厅。上课时，我听得很认真，德米安也没有影响我。过了一会儿，我觉得旁边的座位好像有点怪异，我感到一种若有若无的寂寥感，那个座位似乎突然没人了。当这种感觉快要让我无法呼吸时，我不由得转头看了看。

我看到我的朋友还在那里坐着，像往常一样坐得笔直，姿势端正。可是，他看起来又完全不同于平日，身上少了某些东西，又多了某些东西，可是这些东西我并不认识。原以为他的眼睛是闭上的，可是我却发现他的眼睛睁得大大的，只是目光里空无一物，完全是呆滞的，似乎正在关注自己的内心深处，或者正在远远地望着某个地方。他差不多处于静止状态，连呼吸都消失了，嘴巴似乎是用木头或石头做的。他面无血色，平整如镜面，只有棕色头发还散发着一些生机。他的双手在前面放着，整个人静若处子，就像物件、水果或石头一般，苍白且不动，却和柔弱丝毫不沾边，而且像一个坚强、躲在暗处的生命，外面有一层牢固的外壳。

这幅景象让我毛骨悚然。他死了！我内心升腾起这种想法，差点大叫出来，可是我知道他还活着。我痴迷地盯着他的脸，看这个没有血色、没有表情的面具，我觉得这才是德米安。平常走在我旁边，和我交谈的他，只是半个德米安而已，那只是他在生活中偶尔表演出来的讨好他人的角色而已。真正的德米安应该是现在这样，面无表情、古老，像动物、石头、残酷、像死去、被难以研究的生命秘密填满。他周围是一片安静的空虚、是宇宙、是孤单的死亡！

这一刻，他真正地沉浸在自己的内心世界中，让我害怕，感到从来没有过的孤独，因为我不能加入其中：他变得很遥远，难以丈量的遥远，似乎世界上离我距离最远的一座岛屿。

我不由得产生了些许疑问，为什么只有我看到这一幕？大家应该都关注他才对，应该一样感到害怕才对。可是没有人注意他，他就像一座雕像一样坐在那里。而且，我不得不承认，他也像雕像一样僵硬。有一只苍蝇落在他的额头上，从他的鼻子和嘴唇慢慢爬过去，之后飞走——他依然一动不动。

他现在究竟在哪里？他在想什么？有什么感觉？他在天上吗？在地狱吗？

这些事我没办法问他。下课以后，我看到他再次活过来，重新有了呼吸，当我们俩的眼神相遇，他又恢复了从前的样子。他来自哪里？他刚刚到哪里去了？他看上去很累的样子。他的脸重新有了血色，双手又开始活动了，反倒显出那头棕色的头发失去了光彩，就像已经把力气都消耗光了。

接下来的几天，我不止一次在卧室里开始一个新的练习。我在椅子上端端正正地坐着，望向远方，让自己保持静止，等待着，看看这种状态，我可以坚持多长时间，在这个过程中，又有什么样的感受。可是，最后只剩下疲惫，眼皮发痒。

没过多久，坚信礼就到了，它并没有给我留下什么特殊的记忆。

坚信礼过了，一切都不同以往了。我的童年世界变成了一片荒芜。父母亲看向我的眼神变得有些不自然，姊妹们也不像从前那般亲切。一种觉醒把我原本熟悉的感觉和乐趣都削弱了，变得越发淡薄，花园里失去了香味，森林也不再吸引我了。我的周围就像一场旧物大拍卖，枯燥、无聊，书籍只是一堆纸，音乐只是一种噪声。一切都像秋天到了，树叶纷纷从树上落下来，可是树却对树叶、对雨水、对阳光、对风霜雨雪全无反应。它内心的生命，正慢慢让自己躲到最深处的地方。它还活着，它在等待。

家人计划假期一完，就让我到另一所学校去。这将是我平生第一次离家。有时候，母亲会对我特别亲切，好像在提前跟我说再见。她特别想要把爱、乡愁以及难以忘怀的瞬间都灌进我的心里。这时，德米安已经从这个城镇离开了。我觉得好孤单。

碧翠丝

假期快要结束了，我没能再和我的朋友见面，就前往St城上学去了。和我同去的还有我的父母，他们非常细致地让高级文科中学的一位老师关照我，让我住男子寄宿学校。如果今后他们明白过来，我来到了什么样的地方，他们一定会惊讶得合不拢嘴。

今后我会成为一个好儿子和好国民，还是会顺应本性，走向其他道路，这个问题好像从来没有消失过。我试着愉悦地生活在家庭的、圣灵的庇护下，我为此努力了很久，眼看着就要成功了，却还是功亏一篑。

坚信礼后的假期里，我头一次感到无比空虚和寂寞，而且很长时间都摆脱不了。（啊，这份空虚，这股清冷的氛围，日后我却对它们熟悉有加！）离家很顺利，我甚至惭愧于自己的无动于衷。不管怎样，姊妹们一直哭泣，而我却一滴眼泪都挤不出来。我惊讶极了，一直以来，我都是个情感丰沛的人，也很懂事，可是如今却完全变了。我对这个世界漠不关心，一天到晚只是聆听自己内心的声音，这条禁忌的、黑暗的河流偷偷奔流着。

我飞速生长着，才不过半年，就长成了瘦高的模样，一脸青涩地生存在这个世界中。男孩应有的活力我完全没有，也觉得自己不受人喜爱，连我都厌弃我自己。我时常疯狂想念德米安，也时常对他痛恨不已。他被我诟病的地方在于，因为他，我的生命变得索然无味，这种枯燥就像一种久治不愈的疾病，让我不停地受到折磨。

一开始，我在寄宿学校里是被排斥的对象，也没有得到任何人的关注。大家总拿我开涮，后来便拒绝和我打交道，觉得我是个怪胎。相反，我倒是对这个角色喜爱有加，甚至夸张地表演，孤立自己。我表面上总是表现得一副特立独行的样子，私底下却饱受抑郁的困扰。相比我之前的班级，这所学校的课程要慢一些，所以我完全可以凭借之前所学的应付。班上的同学我一个都看不上，觉得他们都是小孩子。就这样，一年多过去了，一开始学校放假时，我回到家里也没什么好玩的事，而再次离家回校，我却觉得很兴奋。

那是 11 月初。在这种天气下，我总是喜欢一个人走一小段路，同时陷入自己的精神世界中。一路上，我时常觉得兴奋异常，一种被忧伤、蔑视世界和自我所填满的畅快。有天黄昏时分，天上下了很浓的雾，空气湿润，我无所事事地来到城市附近，公园里的林荫道上一个人都没有。路面被落叶铺满，我带着沉郁的兴奋，用脚不停地踢着。周围满是湿润、苦涩的味道，远处的树林就像庞大的幽灵，隐隐约约靠近我。

我迟疑着在路的尽头停下来，认真观察着那些黑暗的树叶，一个劲地呼吸着空气中湿润的味道，它似乎在对我的心灵进行抚慰。啊，生命品尝起来实在是太无味了。

这时，走过来一个裹着圆领斗篷的人，在风的吹拂下，他的衣裾飘动着。我正在继续往前走，他却忽然叫住了我。

“你好，辛克莱！”

那人走过来，是阿丰司·贝克，在寄宿学校里，他是年纪最长的。他时常嘲讽我和其他年纪小的学生，以老大自居，尽管这样，看到他在这里，我还是很高兴，也对他没有什么偏见。同学们说他太强壮了，即便是舍监也对他束手无策，在很多谣传里，他都是英雄的化身。

“你怎么在这里？”他的语气很亲切，可是依然有屈尊的语气，“我们来打赌行不行，你在作诗？”

“我不作诗。”我悻悻地说。

他大笑着离我近了一点，开始和我闲聊，我觉得浑身不自在。

“辛克莱，你不要担心我对你一无所知。一般到了晚上，我们会在雾中前行，肯定心里有什么事，否则就是秋思满腹，想要作诗，这点我再清楚不过了。诗的主题通常都是和衰败的大自然有关，当然，逝去的青春也算。就像海涅。”

“我没有那么多悲天悯人的情怀。”我驳斥他道。

“好吧，那我们换个话题。可是，我觉得这种天气倒是不错，可以找个僻静的地方，喝杯酒什么的。你感兴趣吗？我正好缺个伴。还是你不感兴趣？亲爱的老弟，如果你一直以来都是一个循规蹈矩的人，我可不想把你带坏。”

一会儿以后，我们便在郊区的一间小酒馆坐下来，相互倒着品质不怎么好的酒，把粗糙的杯子拿在手里，举杯后一饮而尽。我一开始是不喜欢这样的，可是最起码我没有尝试过。时间长了，因为对酒性不熟悉，我开始变成话痨，内心似乎有一扇窗被打开了，整个世界都被照亮了。我有多长时间没有这样痛快地说过话了。我满嘴胡言，甚至还说了该隐和亚伯的故事，以让我们聊天的兴致更浓厚。

作为听众的贝克好像很开心。终于有人愿意当我的聆听者了。他拍拍我的肩，说我是条好汉。我长久以来的倾诉欲望终于被宣泄出去了，特别是得到年长同学的认可。真的让我太高兴了。他用天才小子称呼我，在当下，这几个字就如同甘甜的美酒，浇灌着我的心田，世界出现了崭新的颜色，我的思想如流水一样不停歇。我们谈论着学校的同学和老师，彼此对对方好像都非常了解。我们还说到希腊人和异教徒。贝克要我把自己的风流韵事讲给他听。这点我实在没什么可讲的，这类的经历我没有。而我迫切想要吐露的是内心那些感受、幻想等种种，只是酒一直没有让我被感化，我也没有找到合适的语言来把它们表达出来。

贝克知道的和女孩相关的事真的是太多了，我就像听童话故事一样，听得津津有味。这些都是我没有听说过的。之前我一直觉得难以置信的事情，竟然就发生在普通的现实中，而且看起来那么顺理成章。贝克大概十八岁的样子，却已经有了非常丰富的经验，而且对此道颇有研究。他还说，女孩太麻烦了，她们只要奉承和讨好，这当然无可厚非，只是与他的口味不符。他觉得女人反倒干脆得多，也聪明得多，像文具店的老板雅格特太太，一直以来口才都特别好，至于在柜台后面发生的一些事情，那可就不好说了。

我听得如痴如醉，全身都开始飘了。当然，我并不是对雅格特太太有兴趣，我只是觉得这些事太奇葩了。对年长的同学来说，它们竟然如涓涓溪水一样，连绵不绝，很轻松就可以达成，而我却压根没有想过。不知道什么时候，我们的对谈内容好像变了味道，比我想象的爱情要稀薄一些，枯燥一些。可是，这终归是现实，是生命，也是冒险。对于我身边这位久经沙场的人来说，也许再自然不过了。

话题终于到达了衰退的阶段，我不由得有些失落。我从那个天才小子变成了一个倾听男人说话的小男孩。可是，相比过去几个月的生活，这还是有趣得多，就像身处天堂一样美好。与此同时，我这才明白过来，从上酒馆到闲聊的内容，也都是不被允许的。总的来说，我在整个过程中尝到了叛逆的味道。

那个夜晚我记得很清楚。清冷的晚上，我们就着昏黄的煤气路灯，从街道穿过，回到宿舍。这是我有生以来第一次喝醉酒。酒醉一点意思都没，让人痛苦得要命，可是它却包含一些东西，充满魔力，不仅是叛逆，是疯狂，也是生命，是灵魂。贝克骂我太土了，却依然尽责地搀我回去，并让我们两人从院子一扇敞开的窗户穿过去，回到屋里。

可是，只睡了一会儿，我就醒了，清醒过来以后，巨大的疼痛随之而来。我翻身坐起来，身上依然穿着白天的衬衫，衣服和鞋子掉落在地上，发出烟草和呕吐物难闻的味道。我觉得头痛难忍，还一直恶心，口也很渴，一个久违了的形象出现在我的眼前，家乡和我的房子、父母亲和姊妹们、家里的花园和静谧的房间、学校和市集广场，以及德米安和坚信礼课堂通通浮现在我的眼前，它们是那么美好，那么神圣，那么纯洁。我忽然明白过来，这一切直到昨天，直到几小时以前还属于我，还在等待我，可是就在此刻它们崩塌了。因为受到诅咒的我不配再拥有它们，它们把我赶走，对我极尽蔑视。我毁灭了最美好的童年、父母的爱、母亲的亲吻、每一个圣诞节、每一个虔诚光明的周日早晨、花园里的每朵花，以及所有的一切，它们都被我踩在脚底下肆意践踏。如果我因此被判定为人渣、渎神的败类，被抓捕，被用绞刑处置，我也一点怨言都没有。我甘愿伏法，因为这是没错的。

我内心的想法确实是这样的。我的生命缺乏目标，对于这个世界，我充满了蔑视心理。我高傲自大，和德米安的思想一样。我看上去就是个人渣、一个龌龊的下流之徒、酗酒的酒鬼，我太脏了，让人反感，就像一头粗鲁的野兽，倒在可怕的欲望下。那个从光明、美好的园地而来，曾经对巴赫的音乐情有独钟，曾经被美丽诗篇感动到涕泪交加的我，如今却成了这样。我觉得很生气，同时听着自己醉意朦胧、时不时发出的愚蠢的笑声！这就是我。

虽然是这样，我依然把这些折磨看作一种享受，在相当长一段时间内，我孤身一人冷漠地前行。我的心不发一言，在某个角落躲起来，各种害怕、可怕的感觉反倒给了我安慰，因为它最起码是感觉，最起码它还有火花，最起码它让我的心产生了悸动。我在一片忧愁中感到迷茫，又感到一种解放的气息，就像春天的味道。

从表面上来看，我整个人正一步步滑下去。没过多久，酒醉就变成一件极其平常的事。学校里有很多喝酒闹事的学生，其中最年轻的就是我，而且我很快就不再是其中打酱油的孩童了，转而成了带头闹事的人，酒馆里臭名昭著、胆大无比的暴徒。我再次跻身于黑暗世界，成为魔鬼之林的一员，甚至成为其中的佼佼者。

可是，我为自己感到难过。我在毁灭性的放纵中生活。虽然同伴把我当作首领，觉得我是一条好汉，觉得我幽默又有力量，可是我的内心却被沉郁填满。记得有个星期天早晨，我从酒馆出来，看到一群孩子在路边玩耍，他们梳着整齐的头发，打扮得很正式，看到如此美好的一幅画面，我竟然忍不住流下了眼泪。我和同党坐在粗糙酒馆的肮脏桌子间，嬉笑怒骂中，听到我所说的一些他们从来没有听说过的嘲讽，他们总是笑得很开心，时不时张大了嘴巴。其实，天知道，对于那些我看不起的事物，我一直心存敬意。我的心，臣服在我的灵魂、我的过往、我的母亲、上帝脚下，痛哭不已。

我从来没有真正地和同伴融为一体。身处他们之中的我依然被孤独所包围，并由此陷入更加痛苦的境地。我是酒馆英雄，展现最低级的品位，满嘴嘲讽，以将我的机智展现出来。我大声谈论老师、学校、父母、教堂的事，借机表现勇气。我甚至还讲猥亵的事。可是，当同伴真的去找女孩时，我却躲到了一旁。我一定要假装对这类话题很感兴趣，装作孤傲的样子，这让我的孤独感越发强烈。其实，我对爱情有着强烈的渴望，这种渴望几近绝望。但凡看到有城里的年轻少女经过时，她们那么美丽、优雅、明媚的样子，就像完美的梦一样，和我相比，她们真是太好了。有一段时间，我也离雅格特太太的文具店远远的，因为贝克讲过的事会浮现在我的眼前，让我一看到她就觉得不好意思。

我越是了解自己在新伙伴中的孤独，越是无法摆脱他们。我再也不知道酗酒和吹牛到底有没有让我快乐过。更何况，一直以来，我都不喜欢喝酒，每次酒后都会觉得难受。一切都像是一种约束。我必须做，要不然，我根本不知道自己应该干什么。我对自己一直以来的孤单忧心不已，担心会出现更多温柔、见不得光的欲望，尽管这些感觉我很喜欢，却也一直紧张于总是浮现在脑海中的各种和爱情有关的细腻想法。

我对有一个朋友有着强烈的渴求。我还是挺喜欢几个同学的，可是他们都太乖了，而我的恶习早就流传在外，他们都离我远远的。大家都觉得我的处境不太好，是烂泥扶不上墙，觉得我就是个浪子。老师们也很清楚我的种种，有好几次都对我进行了严厉的处罚，现在就等我最后被赶出学校。我知道自己早就离好学生无缘了，只是一直拖着，不想面对现实。

上帝通过各种渠道让人跻身孤独之境，以让我们离自己更近。在我身上，他用的就是这样的方式。一场噩梦。从秽物和垃圾、破碎的酒杯、枯燥的夜晚中望过去，我发现自己就像一个被魔鬼附身的梦游者：一直痛苦地在一条丑陋的道路上爬行。世上也有这样的梦，在这些梦中，人们启程去寻找公主，被满是臭味和脏污的粪坑和后巷所困。我就是这样。满身狼狈下，是孤独的灵魂。在我和童年之间，天堂之门关得紧紧的，负责守护的是残酷的守卫。它代表着一种开端，一种对自己内在充满向往的苏醒。

收到学校的警告信以后，父亲匆匆赶来。这是他第一次那么突然地出现在我的眼前，着实把我吓了一跳，我全身都开始颤抖。可是那年冬天，父亲再一次来到学校，我就表现得很是无所谓了，任由他打骂、请求、提醒我多想想自己的母亲。最后父亲异常生气地说，如果我再不迷途知返，他就让我退学，送我去感化院。我真希望他能说到做到。他走的时候，我为他感到难过，他没有实现任何目的，因为他不知道如何与我沟通，有时候我甚至觉得他是咎由自取。

自己会变成什么样，我已经无所谓了。我用奇特却让人讨厌的态度、以上酒馆和夸张的方式，对抗这个世界，这是我的抗议。同时，我也把自己毁了。我的观点大概是这样的：当我这种人不再被世界所需要时，当世界没办法让我这种人拥有更好的位置、更高尚的任务时，那么，这些和我一样的人将会走向万劫不复的境地。对于世界来说，这将是一笔很大的损失！

那一年的圣诞假期过得相当不好。一看到我，母亲吃了一惊。我又长高了不少，脸庞瘦瘦的，一片惨白，看上去很是颓废，还带着明显的黑眼圈。我刚长出来的一撮小胡子，以及才配的眼镜，都让她不敢认我了。姊妹们躲在一边偷偷打量我，小声笑着。所有的一切都让人觉得难受。和父亲在书房里的交谈也不太顺畅，和几位亲戚之间的寒暄也非常拘束，更让人难受的要数圣诞夜了。从小时候开始，这都是家里最重要的节日，这是一个被快乐、感恩和爱包裹的重要时刻，借此机会，父母和子女会再次拥抱对方。可是，这一次却满是尴尬和低落。父亲像往常一样，将野地牧羊人的那篇福音读出来：“牧羊人在那里放牧他们的羊群。”姊妹们也像往常一样，高高兴兴地在放有她们礼物的桌子前站着。可是，父亲的声音听上去很沉闷，神态显得很是紧张，母亲的脸上则写满悲伤。对于我来说，礼物和祝福、福音和圣诞树都不是从前的模样了。香甜的蜂蜜姜饼，散发着浓浓的美好的回忆的味道；圣诞树的芬芳，似乎在倾诉过去的种种。可是，我却一直盼望着这个夜晚和假期尽快画上句号。

一整个冬天，家里的气氛都非常沉闷。前段时间，教师委员会向我发出强烈警告，威胁要让我离开这所学校。事情很快就要了结了。算了，他们爱怎样就怎样吧！在这个过程中，我只是很生德米安的气。一直以来，我没再和他见过面。我刚去St城上学时，曾经给他写过两封信，却没有得到任何回复。所以，放假以后，我也故意不去找他。

早春了，荆棘树篱有了绿色，在去年秋天和贝克相遇的那个公园里，我看到了一个女孩。当时我正一个人走路，脑子里充满了苦闷和担心。我的身体没有以前好了，而且生活时常难以为继，找同学借了钱，只有不断编造一些支出，好让家里给我一些钱。我还向很多店家赊账，基本上都是买了香烟一类的东西。在事情没有被揭发以前，如果可以让这一切结束，比如去跳河自杀，或者被送到感化院去，我就不用再为这些琐事烦恼了。可是，现在我依然忧心这些事，深隐其中无法自拔。

那年春天，我在公园里遇到了一位年轻女孩，一下被她迷上了。她的个子很高，很瘦，衣着高雅，看上去很是聪明，且不失天真。我对她一见钟情，我所欣赏的正是她这一类型，我不由得产生了幻想。她看起来应该比我大不了多少，却显得比我成熟，举止优雅，体态婀娜，称她是一个女人也不为过，只是脸上还带着些许天真，而我最喜欢的也恰恰是这个。

我从来没有成功接近过自己所喜欢的女孩，当然也没办法和这位女孩顺利地结交。可是，她带给我的印象却是从来没有过的，甚至还对我的生命产生了深刻的影响。

忽然，一幅图画出现在我的眼前，那是一幅珍贵且高尚的图画。啊，我内心从来没有产生过如此强烈的渴求，就像现在我对她的倾慕！我用碧翠丝称呼这位女孩，我不需要读但丁，仅从一幅英国人的绘画中，我就知道了她，还把这幅画的一张复制品收藏起来。那是拉斐尔前派的画家所画的一位少女画，女孩有着颀长的四肢，长头形，不管是双手还是相貌，都散发出灵性。我的那位美丽的少女，尽管也不乏我所欣赏的纯洁，脸上散发的气质也一样超脱于世俗，可是完全不同于画中的女孩。

我从来没有和碧翠丝交谈过，可是她却极大地影响了当时的我。她的身影在我的眼前出现，她给我开拓了一块圣地，她让我变成一个朝圣者。我快速离开那种酗酒的生活，晚上也不再到处晃悠。我又可以一个人好好地生活，再次把书本拿起来，再次爱上散步。

忽然的转变让我受到了无尽的嘲讽。可是，如今我有了倾慕的对象，重新有了梦想，生命再次被想象、色彩、神秘的灵感填满——其他存在都被我无视。我离开酒馆，回归自己，尽管只是为爱慕对象服务。

只要一想到那时候，我的内心就会深受感动。我竭尽全力从崩塌的生命废墟中，再次为自己打造一个“光明世界”，一心一意在这仅有的一个期待中生活，想要把身上的黑暗和邪恶彻底甩掉，只希望能在光明中停留，在众神前跪倒。这一片“光明世界”，是我按照自己的心愿创造出来的，它不再离母亲的怀抱远远的，也不再是放荡不羁的安全感，它有着新的使命，我自己创造出来的任务，有着责任和对自我的实现。让我饱受折磨，一直想要躲的性欲，此时在神灵和祈祷的圣火中，也应该得到了净化。我的生命没有了阴森，没有了丑陋，没有了邪恶，也没有哀叹的晚上，我的心不会再因为猥亵的图画而加速跳跃，我不再去偷听不被允许的事物，不再有放纵的思想。

我的圣坛全部用碧翠丝的身影打造，它就是一切。我将自己完全献给她，也把自己献给了心灵和众神。我挣脱了恶魔之手，之后献身于光明的世界。我不再想要满足自身的欲望，而想要实现纯洁，我并不想要幸运，只想要美和智慧。

这份痴迷于碧翠丝的情感，让我的生活发生了彻底的改变。我从一个早熟的浪荡子，摇身一变，成了教堂的信众，一心想要成为圣徒。我不但远离了曾经非常习惯的颓废生活，还妄图改变一切，试着让日常的每一个层面都拥有纯洁、尊贵。我想到了自己的饮食、衣着和言辞。我开始在早晨洗冷水浴，一开始真的很难，一定要强制性要求自己才能做到。我的态度变得越发严谨，打扮得很正式，放慢脚步，显现出郑重其事的模样。在其他人看来，我可能有点奇怪，可是对于我而言，这都是源自内心敬仰的仪式。

在为了让新想法落实到行动的过程中，有一件至关重要的事，是我开始画画了。其初衷是因为我的碧翠丝和那个英国画家笔下的女孩太不同了。我想尝试着自己把她画出来。在新的快乐和期待的激励下，我买来了美丽的纸张、颜料和画笔。我刚拥有一间自己的房间，就把买来的东西都迫不及待地带到了房间里，摆放好调色板、玻璃杯、瓷碟、铅笔。眼前精致的蛋彩画颜料实在是太漂亮了，让我沉醉。其中一种氧化铬绿闪耀着动人的光彩，直到现在我都还有模糊的印象，当时它在白色小碟子上发光是什么样子。

我谨慎地开始作画。画人像太难了，于是我先画其他东西。我画了装饰物、花朵，还有小幅的风景画：小教堂旁边的一棵树、一座具有罗马风格的桥，桥上有柏树。这样的绘画就像游戏一样，让我恋恋不舍，像孩子一样把玩着颜料盒。最后，我终于开始画碧翠丝了。

一开始画的几幅画实在是太失败了，被我给扔了。我越是对那个女孩的脸进行想象，越是无法画成功。最后，我只好放弃，任由颜料和画笔所激发的想象引导我。结果，我画了一张梦幻的脸出来。我觉得画得不好，可是我没有放弃，坚持画下去。慢慢地，一幅幅新画越来越靠近我的理想，哪怕和真实的相比，差距依然是明显的。

我已经习惯了拿着梦想的画笔，随意画着纸条，把画面填满。不需要任何临摹，只是像玩游戏一样探索，下意识地画出来。有一天，几乎是在我毫无察觉的情况下，我终于把一张最吸引人的脸画了出来。这张脸不是那个女孩的，我早就没有在画她了。这是其他的某种东西，很虚幻，可是价值却依然不变。这张脸看上去不像个女孩，倒像个少年，头发是带点红的棕色，而不是我那位美丽少妇的淡黄色。整张画略显局促，就像戴了面具一样，给人留下了深刻的印象，被生命的神秘所填满。

当我在这幅完成的图画面前坐下来，一种奇特的感觉从心底油然而生。我觉得它和一尊神像、抑或一个神圣的面具很像，半男半女，没有年龄。它看起来有坚强的意志，又被幻想所填满，看上去呆板无趣，却又充满生机。这张脸于我而言太重要了，它和某个人很像，可是我又说不出来它究竟像谁。

我的脑海里一直盘旋着这幅画，它真正进入了我的生活中。我将它藏在一个抽屉里，不被人看见，以免被人嘲讽。可是，如果房间里只有我一个人，我一定会把它拿出来欣赏。晚上，我把它钉在床对面的那面墙上，看着它，直到进入梦乡。每天早上醒来第一件事就是看它。

这段时间，我又像孩提时代一样开始老做梦。我觉得在过去的几年时间，我都没有做过梦了，现在梦再次回来。可是梦境却有了新场景，这幅画像也时常出现。在梦中，它好像有了生命，会说话，有时和我关系很好，有时又站在我的对立面，有时扮鬼脸，有时很漂亮、尊贵。

一天早上，我又做了这样的梦，我忽然把它认了出来。它看着我的眼神是那么熟悉，好像要把我的名字叫出来。它似乎认识我，一直都对我关爱有加，就如同一位母亲一样。我一脸激动地看着这幅画，看着它那红棕色的头发，嘴唇偏女性，前额敞亮。内心离这个醒悟、这个发现、这个事实越发近了。

我快速从床上跳下来，靠近这张脸，定定地瞧着它，想要把那双睁得大大的、清澈的眼睛看透，相比左边，右边的眼睛好像要高一点。就在这时，右眼突然颤动了一下，尽管幅度很小，可是很明显。就在这一刻，我终于把这幅画认清楚了……

为什么我直到现在才发现，那分明是德米安的脸啊！

后来，我时常用这幅画对比记忆中的德米安。尽管二者很像，却还是有差别的。可是它的确是德米安无疑。

某个初夏的黄昏，从面西的窗户里，有泛红的夕阳映射进来，房间里朦胧一片。我把那幅或碧翠丝或德米安的画随手钉在窗棂上，看着它被暮色映照的样子。这张脸的轮廓慢慢变得不再清晰，可是微红的眼眶、额头上的亮光、红润的嘴唇，似乎要燃烧起来。天色逐渐暗下去了，我的目光依然停留在它的上面。慢慢地，我发现这张脸不是碧翠丝，也不是德米安，而变成了我自己。并不是说画中这个人长得很像我，我也并不觉得它应该和我长得很像，可是对于我来说，它却非常重要：它是我的心灵，是我的命运，或者说是我的魔鬼。如果我可以再和一个朋友结交的话，那个朋友就应该长这样。如果我可以拥有一个情人的话，她就会长这个样子。不管我是生还是死都是这样，我命运之歌的曲调就会是这样。

那段时间，我正在读一本书，这本书给我带来的冲击力是从来没有过的。哪怕后来的阅读，这样的感觉也极少出现，大概只有读尼采吧！这本书是诺瓦利斯写的，把他的书信和格言都收录进去了，我对此并不是特别了解，可是它们依然对我有着极大的吸引力，让我痴迷其中。书中的一句名言忽然出现在我的脑海里，于是我顺手把它写在这幅画下面："命运和性格乃思想之名。"我终于明白这句话是什么意思了。

我时常和那个被我叫作碧翠丝的女孩相遇。和她再次相见，我的内心并没有起任何波澜，只有一股淡淡的和谐、一种柔和的预感：你我紧紧相连，可不是你本人，而是你的形象，在我的命运中，你是一分子。

我再次开始强烈地思念德米安。我已经好几年没有收到和他有关的消息了。假期中我只是和他有过一次碰面，这一刻，我才发现我把这次短暂的相遇忽略了，也知道是在羞愧和虚荣心的作用下才会这样。我一定要补回来。

那是在假期中，有一次，我在镇上无所事事地闲逛，从前在酒馆时的那种高傲的神情又出现在我的脸上，我挥着散步用的手杖，一副对什么都看不惯的样子。这时，我看到了我的老朋友，不由得往后退了好几步。我不由得想到克罗默。真希望德米安已经忘了这件事。欠他人情的滋味实在是太难受了——尽管那只是童年时期的一段插曲，可是对于我来说，终归是一种负担……

他好像在等着我主动过去跟他打招呼，当我尽量在他面前表现得镇定时，他走过来和我握手。他一直以来都是这样握手的，坚毅、温暖，却又沉着，有阳刚之气！

他盯着我的脸看了好久，然后说："辛克莱，你长大了！"看上去，他并没有任何变化，和之前一样老，也一样年轻。

我们一起在街上溜达，聊着一些无足轻重的事，对于当年之事一个字都没提。我忽然想到我曾经给他写过几封信，却一直没有得到回音。啊，真希望他把那些愚蠢的信给忘了。对此，他一个字也没说。当时我还没有和碧翠丝相遇，也没有开始画画，还停留在放荡不羁的阶段。来到郊外，我邀请他和我一起去酒馆，他应允了。一到酒馆，我便开始显摆，点了一整瓶酒。我把酒倒满以后，和他一起举杯。我表现出非常适应学生饮酒习惯的样子，一口气把第一杯酒喝光了。

“你经常到酒馆来？”他问我。

“是的。”我慵懒地说，“否则的话我要做什么呢？这毕竟很好玩。”

“你真这么认为？可能是吧！这种醉意，偶尔学学酒神巴克斯，倒也挺好。可是我觉得，时常在酒馆待着的人，往往已经感受不到饮酒的快乐。我觉得时常在酒馆穿梭的人，真的可以称得上迂腐。是的，趁着月黑风高，把火炬点燃，畅快地喝一场，醉得不省人事，确实很棒！可是如果一直这样，不停地喝，不太好吧？浮士德天天坐在酒馆里的情形，你能想象得出来吗？”

我继续埋头喝酒，看着他的眼神充满恨意。

“没错，不是每个人都是浮士德。”我气急败坏地说。

他明显没料到我会这样回答，表情凝重。

之后，他那一直以来的充满活力和优越感的笑容又浮现在他的脸上。

“好吧，我们不要因为这种事发生争吵。酒鬼和浪子的生活，可能相比标准国民来说，要精彩得多。我曾经还看过这样一句话：在成为神秘主义者之前，浪子生涯是最好的准备。不管怎样，这个世界上有很多像奥古斯丁一样成为先知的人，一开始他也像这样纵情享乐。”

对于他的话，我表示怀疑，我不想自己成为他操控的木偶，于是居高临下地说：“是啊，每个人都有自己的志向，可是，我倒是完全不想成为先知那一类的人。”德米安眯缝着眼睛看着我。

“亲爱的辛克莱，”他缓缓说道，“我不是故意想说些难听的。为什么你现在要在这里喝酒，我们俩现在都是一头雾水。可是创造你生命的自我会了解的。真好，我们中有一个人对自己的愿望有清晰的了解，而且做得非常好。可是，对不起，我得回家了。”

我们简单地说了再见。我一个人留了下来，气氛很是沉闷，我一口气喝光了瓶里所有的酒。离开的时候，才知道德米安已经付过钱了。我不由得更生气了。

我又开始回想这件小小的事情。我无法把德米安忘掉。他在那家酒馆里所说的话重新在我的脑海里浮现，非常清晰——“真好，我们中有一人对自己的愿望有清晰的了解。”

我太想念德米安了！他音信全无，我不知道他在哪里。我只知道他好像就读于某所大学。他中学毕业以后，就和母亲一起从我们的城镇离开了。

我试着回想我和克罗默的事件，回忆我心中所有和德米安相关的记忆。很多他跟我说的事再次回响在我的耳畔，直到现在有很多依然对我有意义，依然和我息息相关。即便我们上一次不太愉悦的聚会中，他提到的和浪子、圣者相关的片段，也忽然在我眼前清晰地展现出来。我的情况不就是这样吗？我不也在酗酒和污秽中、在无聊和失望中生活，直到出现某种新的动力，点燃我身上的另一面，进而得到新生，所以对纯洁、神圣有着强烈的渴求吗？

我继续对这些回忆进行研究。天早就黑了，外面还在下雨。在回忆中也有雨声响起，当时他正在栗树下向我打听克罗默的事，并把我的秘密猜了出来。回忆如潮水般涌来，上学途中的交谈、坚信礼课都浮现在我的脑海里。最后，我忽然想到我和德米安的首次相见。我一时竟想不起来当时所为何事，可是我告诉自己不要急，慢慢想，我彻底沉浸在思考中。现在，它又回来了。他告诉我他是如何看待该隐的。之后，我们在我家前面站定。他提到镶嵌在我家门拱上的那个历史悠久的徽章。他说这个东西很吸引人，在他看来，对于这类事物，人们应该多一些关注。

那天晚上，我梦到了德米安和这枚徽章，徽章就在德米安手上，样子持续变换，忽然变小，变成了灰色，忽然又变大，颜色绚丽，可是德米安却告诉我依然是那个徽章。最后，他强迫我把这个徽章吃下去。我一口咽了下去，却害怕地发现，在我身体内，这枚鸟形徽章活了，开始持续生长，将我的身体填满，并从内到外把我吞噬了。因为太害怕了，我一下惊醒了。

这时已经是半夜了。雨水飘到房间里面，我赶紧起来关上窗户，一不小心踩到了某个东西，在黑黑的夜里，它发出耀眼的光芒。第二天早上，我发现我昨天晚上不小心踩到的是我的那幅画像。它已经被雨水打湿了，纸张变得皱皱巴巴。我把画摊开，把吸水纸盖上去，然后夹到一本厚书里面。当我重新把它拿出来看时，画已经干了，画面却不复从前的样子。嘴唇没有先前那么红了，还变长了一些。现在，它完完全全就是德米安的嘴了。

我重新画了另一幅画，是那个鸟形徽章。我早就不记得它的样子了。在我的印象中，哪怕近距离观察它，有些细节还是不好辨认清楚，因为它的历史太悠久了，更何况还不止一次被重新上色。这只鸟也许是在某个东西上停留下来，可能是在一朵花上面，可能是在一个篮子或鸟巢中，也有可能是在树冠上。这些细节我并不太关注，直接从有印象的地方入手，不知道在一种什么动力的驱使下，我将鲜艳的颜料派上用场：我用金黄色渲染这只鸟的头。我依循着自己的心意继续画下去，几天以后，这幅画完成了。

如今，它是一只有着清晰的轮廓、雄霸四方的猛禽——雀鹰头。在蓝天的衬托下，它半个躯体在一个昏暗的球体里隐藏着，似乎正要逃离一颗巨蛋的束缚。我仔细观察着这幅画，越发觉得它和在我梦中出现的那个彩色徽章很像。

哪怕我知道德米安现在在哪里，我也不可能给他写信。可是，按照我当时的行事风格，我打定主意把这幅画给他寄过去，可能他会收到，也可能不会。我没有附任何一句话，也没有写我的名字，只是寄了这幅画给他。我仔仔细细地给图画修边，买了一个很大的信封，把我朋友之前的地址写上去，之后寄了出去。

快要考试了，我一定要更加努力才行。自从我忽然之间不再那么放荡不羁了以后，老师们再次大度地接受了我，虽然我还不够资格被叫作一个好学生，可是，无论是我还是其他任何人，都难以想象半年前的我差一点被退学了。

父亲在给我写信时，已经不再是用从前的口气，他没有指责我，也没有威胁我。可是我也不想把我的转变解释给父亲或任何人听。这个转变和父母以及师长对我的期望是相吻合的，可是完全只是巧合而已。这个转变并没有让我向任何人走去，也没有让他人因此离我更近，只是让我变得更加孤单了。它的目标向某个地方延伸，向德米安身边延伸，向一个遥远的命运延伸。这个目标我自己还不太清楚，因为当局者迷。一开始我是迷恋碧翠丝，可是之后，我却是在一个非常虚幻的世界里生活，那里只有我的画，只有我想念德米安的感情，我和碧翠丝没有了任何联系。我没办法把我的梦、我的希望、我内心的变化跟其他任何人说。哪怕我想要，也无可奈何。

更何况我压根不想这么做。

奋力冲破蛋壳的鸟

我画的梦中之鸟已经在去找我的朋友的路上。而我收到回复的方式却特别奇怪。

当时我正在上课。下课以后，我回到座位上，发现有一张折起来的纸条夹在我的书本里，就像同学间上课偶尔互传的纸条一样。我看到这张纸条只有一个想法，那就是谁会给我传纸条？我从来没有通过这种方式和同学交流过。我暗自腹诽，也许是请我参加某个恶搞项目吧，我才不会参加呢！我没有摊开来看，直接把它夹在了课本里。直到上课铃响以后，它又滑落了下来。

我把这张纸条拿在手里把玩着，心不在焉地把它打开，发现上面写了一段话。我扫了一眼，很快就被其中一句话吸引了，惊诧过后，我开始认真读了起来。读着读着，我的心如入冰窖，就像受到命运的惊吓一样。

“鸟奋力从蛋壳冲出去。这颗蛋是这个世界。如果想出生，就必须把这个世界毁灭。这只鸟朝上帝飞去。这个上帝名叫阿布拉克萨斯。”

我咂摸了这句话好几遍，不由得陷入了思考。我非常确定，这是德米安的回复。只有我和他才知道雀鹰这件事。他已经收到了我的画，而且明白了其中的深意，并帮我阐述出来。可是为什么会这样呢？最让我疑惑的是，阿布拉克萨斯是什么？我从来没有听说过，就连这个词我都没有读过。“这个上帝名叫阿布拉克萨斯！”

这堂课究竟讲了些什么，我全然没听。下一堂课开始了，这是早上的最后一堂课，上课的是一位年轻的代课老师。这位老师刚从大学毕业，在同学们中很受欢迎，因为他很年轻，和我们像朋友一样相处。

佛勒博士带领我们阅读希罗多德的书。这是我喜欢的为数不多的几堂课之一，可是今天我却全然不在状态。我像个机器人一样把书本打开，却没有跟上译文，只是沉浸在自己的世界里。我已经不止一次对德米安在宗教课上对我说过的话进行证实了。他说，只要你有足够坚定的意志，便可以实现目标。上课的时候，只要我全然沉浸在自己的世界中，便不用担心老师会打扰我。如果你三心二意或者精神涣散，那么老师一定会站到你旁边来，这样的经验我也有过。可是，当你专注于思考问题时，就很安全。此外，我也试过非常坚定地关注别人，这个方法特别好使。我和德米安还在一起时，实验遇到了一些问题，可是现在我可以时常把眼神和思想派上用场，来实现很多目的。

就像现在，我也是这样在教室里坐着，内心却早飞出了希罗多德和学校。可是就在这里，老师的声音就像闪电一样击中我的意识，我不由得跳了起来，很快恢复了意识。老师的声音就在我身边，我甚至认为他马上就要把我的名字叫出来，可是他并没有看向我，我心里的一块石头落了地。

这时他的声音再次在我耳边响起。他大声说道“阿布拉克萨斯”。

刚刚佛勒博士的解释，我没有听，得亏他接着说道：“对于那些教派的观点，我们不能抱有太天真的想法。觉得那些神秘教派和社团的理念都是经不起推敲的。如今我们所了解的科学，古代是完全不知道的，所以，当时的社会才会研究神秘学真相，这是一种发展得比较好的哲学，进而出现了巫术和没有实际意义的东西，甚至变成了犯罪的手段。可是，我们并不能否认这些巫术的背后所隐藏的宝贵的来源和深邃的思想。刚刚我所说的阿布拉克萨斯学说也是这样。这个名字和希腊的符咒有关联，人们时常觉得它也是某个巫师的名字，甚至直到今日，它依然得到某些未开化的部落的推崇。可是，阿布拉克萨斯好像还有更深层的含义。也许我们可以把它当作一个神灵的名字，这个神灵代表着神圣和恶魔结合在一起。”

这位个子不高的老师接着热情地讲着，认真听的人却几乎一个都没有。这个名字他没有再谈论，我也重新进入自己的世界。

我的耳边一直回响着“神圣和恶魔的结合”这句话。对于这句话，我一点都不陌生，因为在我和德米安最后的对话中，我便已经了解了。德米安，我们所崇敬的可能只是一个神而已，可是彰显出来的却是专门隔离出来的一半世界（正式的、没有被禁止的“光明”世界）。可是我们一定要对这个世界表示尊敬，也就是说，不仅要举行上帝的礼拜仪式，也要建立一个魔鬼的礼拜仪式。因此，阿布拉克萨斯就是这样一个上帝，他是上帝的同时，也是魔鬼。

有一段时间，我一直致力于寻找这个线索，却一直没有任何进展。我翻遍了整座图书馆的书籍，想要把阿布拉克萨斯找出来，却依然是无功而返。可是我必须承认，自己并没有下定决心，一定要找到它。其实我们也只能找到无法理解的真相，以及更多纷至沓来的问题。

我曾经满腔热忱地对碧翠丝形象进行研究的那段时光已经慢慢消失了，更准确地说，是它慢慢远离了我，离地平线越发近了，变得更加虚无、模糊。它不能再让我的心灵得到满足。

某一种存在取代了它，我像梦游者一样在其中生活了很长一段时间，可是现在，有一种新的东西正在发酵中。一种渴求生命的东西正慢慢绽放，更准确地来说，是渴求爱情。有一段时间，因为爱慕碧翠丝，我的性冲动得到了净化，此刻它对新的意象和目标有了渴求。可是，我还没有实现我的愿望，对于我来说，欺瞒自己的渴望，对自己想从女人身上得到些什么的期望加以克制，是最难的事情。同学们曾经试着去了解女人，我却产生了非常激烈的幻想，而且相比晚上，白天的情况要严重得多。我的心头出现想象、意象或愿望，让我离这个外在世界远远的。最后的结果是：相比和现实环境的相处，我和内心的意象、幻想或影子的相处还要鲜活一些。

对于我来说，有个反复出现的梦境，具有非常独特的意义。在我的一生中，最为重要，且延续时间最长的这个梦境就是：我回到家，在蓝天的衬托下，黄色鸟形徽章在家门上闪耀出动人的光彩。到屋子里以后，母亲欢迎我回来——我想和她拥抱，却发现那人不是我的母亲，而是一个素未谋面的人。她的个子很高，长得和德米安很像，非常像我的那张肖像，可是又不太一样。虽然她看上去很强壮，却是个真正的女性。这个人把我拉过去，像情人一样和我拥抱在一起，这种拥抱有着强烈的感情，让人害怕。我的内心有兴奋、有害怕，这拥抱不仅是崇敬上帝，也是罪恶。这个拥抱汇集了我对母亲和朋友德米安的强烈想念，她的拥抱充满禁忌，却让人快乐。梦醒后，我有时会被一种强烈的幸福感所围；有时我又被巨大的恐惧所包围……我的良心遭到鞭笞，似乎犯下了很大的罪过。

这幅画和那个暗示慢慢联系在一起，那个暗示是外来的，有关那位我要去找寻的神。这个联结越发紧密，让我不由得意识到，在梦境的预感中，自己正对阿布拉克萨斯发出呼唤，这个梦境有兴奋，有害怕，有男人，有女人，最神圣和最邪恶的事物相互纠缠在一起，强烈的罪恶和温和的纯洁——我的爱情幻象是这样，阿布拉克萨斯也是这样。爱情已经不再是一开始那种让我害怕的、兽性的、阴郁的性冲动，也不再是我在碧翠丝画中所表现出来的那种幼稚、凌驾于世俗之上的倾慕。它融合了这二者，代表了这二者和更多其他事物，它是天使和撒旦、男人与女人合为一体，人类和动物，最高的良善和最大的邪恶。这种生活是不可避免的，我命中注定要经历它。我对它充满向往的同时，也感到害怕，可是它一直在那里，一直操控着我。

第二年春天，我就要从高级文科中学离开，去上大学了，可是我还不知道要去哪里，应该学什么科目。我的嘴唇上有了一撮撮小胡子，代表我已经成年了，可是对于未来，我依然是一片迷茫，一点目标都没有。我能确定的只有内心的声音，这个幻象。我模模糊糊地意识到，可能我要做的就是冲动地在它的引领下前进。可是对于我来说，这太难了，而且我每天都在反抗自己。可能我精神失常了，我时常会有这样的想法，可能我不同于其他人？可是，其他人可以做到的事，我同样可以做到：我只要再用点心，就可以阅读柏拉图，会算三角数学，会理解化学分析。只有一点我无能为力：把隐藏在内心的目标撕开，就如同其他人一样，描绘自己在什么地方。他们清楚地知道，自己想要成为一名教授、法官、医生或艺术家，他们知道这个目标要多久才能完成，也知道他们会因此具有什么样的优势。可是我却做不到。将来，我可能会这么做，可是我怎么知道呢？可能我还要寻找，持续摸索好几年，最后一无所获，没有实现任何目标。可是我可能会实现一个目标，而它却可能是个邪恶的、恐怖的目标。

我只是试着过我自己想过的生活而已。为什么会这么难呢？

我有几次都试着画出梦境中这个身材高大的人，可是都失败了。只要我可以画出来，就可以把它寄给德米安。我不知道他在哪里。我只知道他一直和我在一起，什么时候才能再和他见面呢？

一开始对碧翠丝痴迷的平静，早就消失得无影无踪。当时我还以为自己到了一座岛，找到了平静。可是事情通常是这样——畅快的场景、愉悦的梦，总是转眼间就变得模糊起来。埋怨、叹息，根本就无济于事！如今的我身处欲求不满、焦躁的情绪中，时常会爆粗。梦中情人的形象时常在我的脑海里出现，和现实生活相比，前者要清晰得多，比我的手还要真切。我和她交流，在她面前痛哭流涕，谩骂她。

我把她当作母亲，痛哭着在她面前跪下来；我把她当作情人，而且我早就预料到，她会给我成熟、满足的亲吻：我用魔鬼和妓女称呼她，用吸血鬼和杀人犯称呼她。她将我带到最美好的爱情梦境中，也把我带到淫秽之地。对于她来说，什么太好、太珍贵根本就不存在，太坏和太卑鄙也不存在。

一个冬天，我都在无法形容的内心风暴中挣扎。我早就对孤独的日子习以为常，没觉得有多么压抑。我和德米安、雀鹰和这位大号的梦幻人物的命运紧紧相连，这个人物就是我的命中注定，是我的情人。我已经感到很知足，可以在其中生活，因为这一切都向壮阔的远方指去，指向阿布拉克萨斯。可是，这些梦境也好，思想也好，都不在我的控制范围内，我没办法让它们听从我的指令，没办法随意赋予它们颜色。它们可以随时随地过来把我抓走，它们掌控着我，是我的仰仗。

从表面上来看，我是一个很庄重的人。我不惧怕任何人，这点同学们也知道，所以他们对我怀着一种神秘的敬意，时常让我忍俊不禁。只要我想，我就能把他们中的大部分看穿，偶尔甚至可以借此恐吓一下他们。只是我这样做的次数很少。我总是将所有心思都放在自己身上。我盼望着可以真正活一回，哪怕时间很短；我盼望着对世界做一些贡献，和这个世界产生关联，并和它展开厮杀。有时候，到了晚上，我从大街小巷穿过，直到很晚，我都无法回家，因为我太烦躁了。有时候，我幻想我此刻一定会和我的情人相遇，就在下一条街，她会站在某个窗口叫我的名字。有时候，我被这些痛苦折磨得筋疲力尽，想要一死了之。

当时，我找到了一个很神奇的庇护所，就像人们所说的，完全是一种“偶然”。其实哪有什么所谓的偶然。假如一个人对某样东西有着特别强烈的渴求，然后把这个东西找到了，那么就不是偶然拥有这种机会的，而是他自己，是他自身的渴求引领他把它找到的。

有两三次我从郊外路过，听到从一座小教堂里传出的风琴声，可是我没有驻足停留。直到有一天，我再次经过那里，又有琴声传出来，我听出来那是巴赫的音乐。我向教堂大门走去，发现它被锁上了。当时路上几乎一个人都没有，我干脆在教堂旁街道的石墩上坐下来，把我的衣领翻起来挡风，安静地听着音乐。这部管风琴应该很小，却有着很好的音质。整首乐曲都是通过一种别具一格的方式演奏的，表现出一种独有的、充满意志的，以及顽强的表达风格，听上去就像在祈祷。这位演奏者好像知道这首音乐中藏有宝物，他在寻求，在询问，他像关心自己的生命一样关心这个珍宝。我并不是太了解音乐的技巧，可是从很小的时候开始，我就在直觉的引领下，明白这种心灵的表达，对于这样的音乐，内心自然可以感受到。

紧接着，这位管风琴师演奏了一首现代乐曲，也许是雷格的作品。教堂里几乎什么都看不清，只从离我最近的那扇窗透出一丝微弱的光线。直到音乐结束，我还在门口等了好一会儿，才看到管风琴师走出来。他还很年轻，可是比我的年纪要大一点，身材很结实，个子不高，有点胖。他快步如风，身姿矫健，可是看上去好像不太满意的样子。

自那以后，到了晚上，我有时会坐在那座教堂前，或者来回走动着。有一次我发现大门没有锁，于是走了进去，在长椅上坐着聆听了半小时，尽管冻得瑟瑟发抖，可是内心却是快乐的。管风琴师则在上面坐着，在微弱的煤气灯光的照耀下弹奏。从他弹奏的音乐中，我听到了他自己。我还发现，他所弹奏的每一首乐曲互相之间都是有联系的，有一种隐秘的联系。他弹奏的曲子充满虔诚、敬仰和真诚，可是和教堂里的教徒和传教士的那种虔诚又不一样，而是中世纪朝圣者和托钵僧的那种虔诚，始终坚持毫无保留的献身精神，把自己献给宇宙般的情感，这种情感在所有的教条之上。他时常弹奏巴赫以前的乐曲，还有古老意大利的曲子。所有这些音乐都在对相同的事物进行描述，彰显着他的欲望，他想要在世界面前忏悔，想要离开世界，想要聆听自己阴暗的灵魂，想要臣服并揽神秘人怀。

某天，管风琴师从教堂走出去，我决定偷偷尾随其后，离得远远的，我看到他进了郊外的一家小酒馆。我不由得也跟了过去。这是我第一次看清楚他的样子。他在一个角落里坐着，头戴黑色毡帽，面前放着一杯酒。他的容貌和我想象中的没有任何差别：他长得并不好看，带点狂放不羁的味道，充满好奇和执拗，倔强且充满意志，虽然是这样，嘴角仍带着天真和柔和。男子气概和坚定气息都通过他的眼睛和额头表现出来，下半个脸看上去则是温和、天真，还带有些许女性特质。他的下巴看上去一点力气都没有，似乎在对抗他的额头和眼神，显得很是柔弱。这双深褐色的眼睛是我最喜欢的，充满高傲和仇视。

我安静地坐在他对面，酒馆里只有我们这两个客人。他看着我，似乎想把我赶走。可是我丝毫不退缩，用坚定的眼神看着他，直到他气急败坏地嘀咕道："您为什么这样盯着我看？到底想要做什么？"

"我没有其他意思。"我说，"从您这儿，我已经有了很多收获。"

他眉头紧皱。

"如此说来，您是个音乐痴迷者？我觉得崇拜音乐让人龌龊。"

我强装镇定。

"我经常在教堂外面聆听您的音乐。"我说，"我没有想打扰您的意思。我只是想，可能从您这里，我可以找到某些东西，某些很不一样的东西，我不太清楚是什么。您也可以把我当作空气，我只要在教堂里聆听您的音乐就可以了。"

"可是我一直都关门了呀！"

"上次您忘记关了，我就坐在里面听了。之前我都是站在外面，或者坐在街道的石墩上听的。”

“真的？下一次，您可以直接进来，里面要温暖一些，您只需要敲一下门就可以了。可是不要敲得太用力，在我弹琴的时候也不要敲。好，有什么话赶紧说吧——您想要说什么？您很年轻，应该还是个中学生或大学生吧！您是音乐家吗？”

“不是，我喜欢听音乐，可是只听您弹奏的那种很纯粹、干净的音乐。我可以在那种音乐中感受到有个人在天堂和地狱之间游移。我很喜欢，因为它不是那么善于伪装。其他音乐都和道德有关，不是我想要的。我一直被说教所折磨，没办法很清楚地表达出来。世间有一个上帝和恶魔合为一体的神，您知道吗？我听说过去有过。”

这位音乐家推了推宽大的帽子，使劲摇了摇头，深色的头发被他甩到宽阔的额头旁边。他看着我的眼神很犀利，俯身越过桌子，凑到我面前来。

他不安地小声问道："您所说的这个神叫什么名字？"

"很可惜，我完全不了解他，我只知道他叫阿布拉克萨斯。"

音乐家一脸疑惑地扫视了一眼周边，似乎有人在偷听我们的讲话，然后把椅子朝我身边挪了挪，小声说道："这是我没有想到的。您是谁？"

"我是高级文科中学的学生。"

"阿布拉克萨斯您是从哪里听说的？"

"偶然知道的。"

他用力敲了一下桌子，酒杯里的酒都洒了。

"偶然！不要说这样的鬼话，年轻人！我跟您说，不可能有人在偶然的情况下知道阿布拉克萨斯。关于他的事，我知道一些，我会讲给您听的。"

他没再说话，之后把椅子挪回原位。我急不可耐地看着他，他却向我做了一个鬼脸。

“不是在这里讲！下一次，您拿去吧！”

他把手伸到大衣口袋中，拿给我几颗烤栗子。

我默默地接过来开始吃，觉得很知足。

“好吧！”一会儿以后，他小声说道，“您是如何知道他的？”

我把事情的来龙去脉一五一十地跟他说了。

“当时我觉得很孤独，也很迷茫，”我阐述道，“这时忽然想到过去的一位朋友，我觉得他懂的东西比较多。我画了一幅画，是一只鸟奋力从一个球体内出来的场景。我把这幅画给他寄了过去。一段时间以后，我几乎把这件事忘到脑后了。有一天，我忽然收到一张纸条，上面是这样写的：鸟奋力从蛋壳冲出去。这颗蛋是这个世界。如果想出生，就必须把这个世界毁灭。这只鸟朝上帝飞去。这个上帝名叫阿布拉克萨斯。”

他没有接我的话，我们把栗子壳剥掉，拿来当下酒菜。

“再喝一杯吧？”他问。

“不，谢了，我不喜欢喝酒。”

他笑了笑，露出一些惊讶的表情。

“您自己看着办吧！我跟您可不同，我得继续留在这里。您如果想走的话就走吧！”

下一次听他弹奏管风琴以后，我和他并肩而行，他的话变少了。我们在一条老街上前行，他将我带到一幢历史悠久，可是非常壮观的房子里。上楼以后，就来到一间光线不太好，不过非常开阔的大房间里，这里和音乐相关的物件就只有一架钢琴。房间里摆了一个大书柜和一张书桌，平添了些许书香气息。

“您有多少书啊？”我不无羡慕地问。

“其中一部分藏书是我父亲的，我们住在一起。是的，年轻人，我和我父亲住在一起，可是我不能向您介绍他们。在这幢房子里，我一点地位都没有，丝毫不受到尊重。您知道吗，我是个浪子。我父亲特别受人敬重，他是城里一位知名的牧师和传教士。而我呢，直接跟您说了吧，我是他那有出息的儿子，后来却逐渐走偏了，变得癫狂。之前我读的是神学，在国家考试前夕，我却和这个过于幼稚的科系说了再见。可是我一直在这个领域深耕，不过是偷偷的。我依然想知道人们各自想象的神是什么样的，对于我来说，这很重要。与此同时，我现在是音乐家，过段时间，也许会得到一份小小的管风琴师的工作，之后又可以服务于教堂了。”

我翻阅着那些书。就着台灯微弱的灯光，就我可以分辨的，有希腊文、拉丁文、希伯来文的书名。这会儿，我这位朋友正在地板上躺下来，很显然，他准备干点什么。

“您过来，”过了一会儿，他叫住我，“我们来练习一点哲学，即把嘴巴闭上，趴下来思考。”

他把一根火柴点燃，把纸张和木材点燃以后放到壁炉里面，接下来，他就躺在壁炉前。炉中的火焰蹿得老高，他谨慎地拨动了一下，又加了点柴火进去。我陪他躺在破旧的地毯上。他也看向火光，在那跳动的火光前，我们默默地趴了长达一小时的时间，望着火焰发出刺眼的光芒，听它嘶嘶作响的声音，火焰越发微弱，忽明忽暗，闪烁着，跳动着，最后熄灭，化作灰烬。

“在所有创造中，拜火并不是最傻的行为。”他自言自语道。此外，我们都沉默着。我看着火焰，被梦幻和寂静所包围。我在灰烬和烟雾中看到了影像，有一次甚至吓到了我自己，因为同伴往烧红的炭火里丢了一小块树脂，一道细长的火焰快速往上冲，我就在这火焰中看到了那只有着黄色雀鹰头的鸟。当炉火渐渐熄灭时，金色炽烈的线条构成巢穴，形成一些字母和图像，让人的脑海中不由得浮现出脸孔、植物、虫和蛇以及其他动物的影像。我不再沉浸在冥想中，直视着同伴，看到他托着下巴，正目不转睛地盯着灰烬看。

“我必须走了。”我轻声说道。

“好，您走吧！再见！”

他没有起身。灯火已经灭了，我只能慢慢摸索着前进，从昏暗的房间穿过去，再从楼梯下楼，从这幢似乎有魔法的老房子里出去。所有窗户都是黑漆漆的。一个黄铜制的小牌子在煤气路灯的映照下熠熠生辉。

“皮斯托利斯，首席牧师。”在这块牌子上，我看到了以上内容。

吃过晚饭后回家，我一个人呆坐在小房间里时，我才猛然意识到，我既没有了解到任何和阿布拉克萨斯相关的事情，对于皮斯托利斯的事也全然不知，我们今天的沟通内容少得可怜。可是我却很满意这次拜访。他允诺我，下次给我弹奏一段精选的古老管风琴乐曲，布克斯特胡德的《帕沙加利亚舞曲》。

当我和这位管风琴师皮斯托利斯一起躺在光线昏暗的房间的地板上时，他已经给我上了一堂课，只是我全然不知道而已。对于我来说，看火这件事有着太多的裨益，它让一直存在于我内心的倾向得到了巩固，并得到了证实，而我却没有对它多加爱护。直到后来我才逐渐明白过来。

当我还是个小孩子时，我就对大自然的奇妙现象很感兴趣，我并不是去观察它们，而是被它们独有的魅力、紊乱的、生动的状态所折服。结节的长树根、岩石上的彩色纹理、漂在水上的油渍、玻璃的缝隙——我痴迷于这一切，特别是水和火、烟雾、云和灰尘。在第一次拜访皮斯托利斯之后的那几天，这些事又忽然出现在我的脑海里。因为自那以后，我发现我越来越自觉了，我兴奋极了，这一切都要感谢长时间看火。观火竟然有如此功效，充盈人的内心。

截止到现在，我在找寻生命的真正目标上的经验还不多，现在又有了一项新体验：对这类形体进行观察，沉醉在非理性的、错乱的、异样的自然形体，我们因此有了和谐，我们的内心和创造这些形体的意志不谋而合——这种诱惑快速被我们察觉到，从而被当作自己的情绪，自己的创造。我们看到自然和我们之间的界线变得不再清晰，而我们发现这样的心境，却不知道我们所看到的这些现象到底是从外部的印象而来，还是从内在的印象而来。在练习中，我们意识到自己很优秀，是杰出的造物者，持续加入到这个世界的创造中，这是最简单的一种练习。更准确地来说，主动活跃在我们内心以及自然中的，是同一个神，它是不可分离的。假如外在世界被摧毁了，一定有人可以再次把它建立起来，因为我们的内心早就有了山脉和河流、树木和叶子、根和花朵，以及自然界所有的造物，它们都是从一个心灵而来，而永恒是这种心灵的本质。我们没办法把它的本质认出来，而我们可以感知到它基本上是通过爱情和创造的方式。

很多年以后，我的观察才在一本书中得到验证。达·芬奇曾经说过，对一面被多人吐过唾沫的墙进行观察，实在是惬意了。他从潮湿墙壁上那些痕迹中所得到的感悟，就像皮斯托利斯和我在炉火前所得到的感悟一样。

当我们再次碰面时，这位管风琴师告诉我：

“对于人格界定，我们的思维太局限了。往往只会觉得我们和他人的不同只是在于特性而已。可是我们的组成部分是世界的整个存在，所有人都是，就像我们将进化的家谱扛在肩上，直到可以向鱼类，以及更久远之前追溯为止。在我们的心灵中，所有曾在人类心灵居住过的一切都曾经存在过。不管是在哪个种族的人身上，还是在神和恶魔身上，像愿望、选择等所有可能性都和我们密不可分。哪怕人类从此在地球上消失，只有一个有一定天赋，却从来没有接受过教育的孩子存在，所有事物的运作方法也会重新被他找到，他也会再次创造出神、魔鬼、天堂、戒律和禁令、《旧约》和《新约·圣经》。”

“好，”我提出不同意见，“可是个人的世界又在哪里？如果我们自身已经无所不有了，那么我们努力追求还有什么意义？”

“住嘴！”皮斯托利斯克制不住自己的情绪，大声叫道，“无论您自身是将这个世界都扛在了肩上，还是只是了解而已，这之间的区别实在是太大了。一个疯子可以将让人联想到柏拉图的思想观念创造出来，而一个亨胡特兄弟教派学校的虔诚小学生，将创意思考深沉的神话关联性创造出来，在诺斯底教派信徒或索罗亚斯德教派信徒的脑海中也会出现这些思想。可是他却什么都不知道。只要他不知道，那他就只是一棵树或一块石头，最多也只是一只动物罢了。可是，假如突然出现理解的第一道微光，那么他就变成了人类。您肉眼所看到的所有会跑的两脚动物，您总不会因为它们站着走路，而且是经历千辛万苦的孕育才出来的，就用人类概括吧？您看，它们中鱼或羊、蠕虫或水蛭、蚂蚁或蜜蜂又占据了多大比例啊！如今，它们都有可能成为人类，可是，它们要想真正拥有这个机会，只有当它们对这个机会有预见性，甚至学习将它转变成自觉才可以。”

我们的交流大概就是这样，让我拥有耳目一新的感受很少。可是这一切即便再没有意思，都通过一种固定的、温柔的方式，将我内心的同一个点击中了，帮助我成形，帮助我摆脱外壳，把蛋壳打碎，从那里出来，更高昂地抬头，更舒展，直到我的黄鸟从毁灭的世界冲出来。

我们也互相交流过彼此的梦。皮斯托利斯擅长解梦。一个奇怪的例子直到现在都让我印象颇深。我做了一个梦，梦中的我会飞，可是我是这样飞的：在一股强大的推力下，我被抛向天空，我没办法克制。飞行的感觉太亢奋了，可是没过多长时间，当我发现自己飞得越来越高，越来越危险时，我开始害怕起来。可是忽然间，我发现了如何解救自己，我可以通过吸气或吐气的方式来对升降加以控制。

皮斯托利斯这样跟我解释：“这股推动您飞行的力量，是每个人都拥有的财产。它是把力量根源连接在一起的感觉，可是也因此让人害怕。它很危险。所以大部分人希望不再飞行，哪怕在法令的规定下，在人行道上漫步。可是您不是，您持续往前飞，就像每个杰出的年轻人应该有的样子。您看，您发现您逐渐有能力掌控这股强大的力量，您发现不仅有一种力量可以把您刮走，还有一种极其细微的个人力量出现，那是一种装置，一个舵！这点太好了。只有拥有了它，我们才能控制自己，才不会殒命，意志力这时也起不到作用，疯子就会有这样的遭遇。相比人行道上的人，他们的意志力更强烈，可是他们缺少开关，也没有舵，于是向深渊飞去。可是您，辛克莱，您做到了，而且做得非常好！

“您应该知道吧？您是通过一种新装置、一个空气调整器来实现的。这时您会发现，心灵深处只包含极少的‘个人’成分，它不是这个调整器的发明者！这个调整器也不是什么新发明。它只是被借用过来的，因为它已经有几千年的历史了。它是鱼类的平衡器官，鱼鳔。其实直到今天，依然有少数几种非常少见的原始鱼类存在，它们的鱼膘也具有肺的特性，可能能够用来呼吸，即像您在梦中当作气鳔使用的肺那样！”

他甚至找了一本动物学的书过来，让我看那些原始鱼类的名称和图片。而我则满怀一种神奇的敬畏，感觉在我的心里，好像出现了一种从演化早期而来的功能。

雅各的战斗

那位怪人音乐家皮斯托利斯跟我说了和阿布拉克萨斯有关的一切。可是我从他身上学到了更重要的东西，在找寻自己的道路上，我又前进了一步。当时，我大概十八岁，和别的年轻人都不同，我比较早熟，可是又有很多方面表现得很幼稚，时常觉得迷茫无措。对比其他人，我时常感到骄傲，同时也觉得失望。我会觉得自己是个天赋异禀的人，又觉得自己神经有点不正常。我无法和同侪一起享受快乐和生命，而且往往陷入忧患和自责中，似乎我已经完全绝望了，已经和这个世界格格不入了，似乎已不被生命所接纳。

皮斯托利斯是个成年人，可是他却很奇怪，他告诉我勇气和尊严是必不可少的。在我的言语中，他总是可以找到一些有意义的东西；从我的梦中、想象中和思索中，他总可以找到一些宝贵的东西，对它们进行真诚的探讨。比如下面这个例子。

“您以前跟我说过，”他说，“您喜欢音乐的原因是它们不会矫揉造作，这个我持肯定观点。可是，您本身一定不是一个道德主义者。您不能和其他人对比，如果您是一只蝙蝠，就不能想着变成一只鸵鸟。有时候您觉得自己与众不同，有时候您自责自己所选的路和大部分人不一样，可是您一定要学着把这种思考方式舍弃掉。您去看看火、看看云吧！只要有了灵感，只要您内心有了声音，您就应该遵照它们的意思，不要立刻就问那样可不可以，能不能取悦老师或父亲，会不会遭到任何亲爱的神的嫌弃！

我们会因为这一切变得古板，变成人行道上的化石。亲爱的辛克莱，我们的神名叫阿布拉克萨斯，他是神，同时也是撒旦，他自身就具有两个世界，一个是光明的世界，一个是黑暗的世界。阿布拉克萨斯从来不会和您的想法唱反调，对于您的幻梦也不会持否定意见，您一定要记得这一点。可是，如果您变得过于完美，变得普通，他就会离您而去。他会离开您，再找一个新锅子，用那个锅子对他的思想进行烹饪。”

在我所有的梦中，最为忠诚的一个就是黑暗的爱情梦幻，它时常在我的梦中出现。我梦到自己从鸟形徽章的下面进入自己家的老房子，我想抱着母亲，却发现抱的是那位身材高大、中性的女人。我对她敬畏至极，可是又因为她，我最强烈的渴望被激发出来。我不能让我的朋友知道这个梦。哪怕我把一切都告诉他了，我依然在内心保留着这个梦，它是我最私密的东西，最后的庇护所。

当我心情不好时，我会请皮斯托利斯弹奏老布克斯特胡德的《帕沙加利亚舞曲》给我听。之后在晚上昏暗的教堂中坐下来，在奇妙的音乐里徜徉。这音乐会带给我愉悦的感觉，让我更愿意倾听内心的诉求。

有时候，音乐弹奏完以后，我们会在教堂里多待一会儿，看着来自高耸的拱窗的微光，慢慢在黑暗中消失。

“我曾经在神学院就读，而且只差一步就成了牧师。”皮斯托利斯说，“这听上去很离奇。事实上，我只是犯了形式主义错误。我依然想当一个牧师。只是，在我知晓阿布拉克萨斯以前，我过早感到了满足，并效忠于耶和华。啊呀，所有宗教都是良善的。宗教是心灵情感，对所有人都一样，无论你是基督徒，还是到麦加去朝圣的信徒。”

“那您当牧师没问题啊！”我说。

“不，辛克莱，要是当了牧师，我就不能说真话了。我们的宗教被过度付诸实践。它的行事就像自己是一部完美的作品。如果真到了无路可走的时候，我也许会变成天主教徒。可是，我是不会当新教的牧师的。我认识一些真正的信徒，他们喜欢在文字记录的指引下，去和这些人面对面，我不能跟他们说，对于我来说，耶稣基督不是一个人，而是一个英雄、一个神话、一个神秘的影子图像，在这个图像中，人类在永恒的墙上看到了自己。还有一些人就是为了听一些睿智的话，尽一下责任，不想错过大小事才去教堂的。说实话，我应该对这些人说什么呢？难道你觉得我应该去纠正他们不正确的想法、把他们的信仰扭转过来吗？我压根不想要这些。牧师并不是要对他人进行诱导，让他人改变信仰，他只想在信徒中生活，在和他一样的人中生活，我想负责接收和连接那种感觉，而我们的信仰就来源于这种感觉。”

他停顿了片刻，然后接着说：“如今，考虑到我们的新信仰，我们选定的名字是阿布拉克萨斯，这个信仰很好，亲爱的朋友。我们所拥有的最好的信仰就是它。可是它才刚刚出生，羽翼未丰。啊，不能让它变成少见的信仰，得让它变成共同的信仰，它一定得有让人迷恋的祭礼、庆典、神秘的宗教仪式……”

他进入了自己的精神世界。

“难道我们独自或者以小团体的形式进行秘密的宗教仪式不可以吗？”我缓缓问道。

“当然没问题。”他点点头说，“我已经进行了相当长一段时间了。我有自己独具一格的崇拜仪式，如果被传出去的话，也许会被判坐监狱。可是我知道我的做法也并非不合理。”

他忽然拍了拍我的肩，吓得我浑身一激灵。“小伙子，”他警告我，“您也有自己独特的神秘仪式。我知道您一定也有不好意思告诉我的梦。我对它们并没有好奇心。可是我要跟您说的是：把它们指给您的生活、这些梦的生活过好，并乐在其中，给它们建造圣坛吧！尽管它还有待完善，却是一条道路。我们每一天都必须对我们内心的世界进行再次构建，要不然我们将一无所获。您一定要牢牢记住这一点。您现在十八岁，辛克莱，您不会去找街头妓女，您一定得有对爱情的渴望。可能您会畏惧这些梦，可是请您胆大一点。这些梦和渴望是您可以拥有的最好的东西。您大可以相信我说的话。当我像您这般大时，我的爱情梦受到了克制，所以失去的东西不少。我们不需要这样做。如果我们和阿布拉克萨斯相识，就不用再这样。我们不能惧怕，不能视内心的渴望为禁忌。”

我惊讶极了，不由得驳斥道：“可是我们总不能因为一时兴起，就马上付诸行动吧！如果我们厌恶一个人，就结果了那人的性命总是不合适的吧！”

他挪动身体，离我更近了。

“看情况来吧，可能这样做也是可以的。只是它很大可能是错的。我也不是说您凭着兴致想怎么做就怎么做。不是这样。可是您应该保持那些纯良的想法，从道德方面劝说它们，对它们加以破坏。我们可以举行隆重的仪式，把圣杯端起来喝，同时让神秘的宗教仪式在脑海里徘徊，而不是将所有人都钉死在十字架上。我们也可以将这样的行为摒弃在外，以尊敬和爱的方式来对我们的性欲和所谓的诱惑加以处理。这样一来，它们的意义就彰显出来了，它们并不是没有意义的。辛克莱，当有一些邪恶或荒谬的想法忽然出现在你的脑海里，想要杀了某人时，或者想要犯穷凶极恶的罪过时，这时您只要想到那是阿布拉克萨斯在您内心产生的幻想，您不是想要把一个真实存在的人杀死，而一定只是想把一个伪装的人杀死。如果我们对一个人心生怨恨，我们只是对他形象中的某些东西憎恨不已，而我们自身也拥有这些东西。如果不属于我们自身的东西，我们的心就会悸动。”

皮斯托利斯说的话，这是头一次如此深刻地触动我的内心。我一时语塞。让我特别感动的是，这些鼓励和德米安的话完全相同，他们互不认识，可是对我说的话却是相同的。

“我们看到的事物，”皮斯托利斯轻声说道，“和我们内心所有的事物，是完全相同的东西。相比之下，我们内心的事物是最真实的。而大部分人之所以过着虚幻的生活，原因就在于这些意象并不被他们当作真实的，压抑了内心世界的表达。

“尽管这样可以愉快地生活，可是只要我们对这是什么情况有所了解，就会选择走一条不同于其他人的道路。辛克莱，大部分人走的路都不复杂，而我们选择的却是一条艰难的路。可是我们不能放弃。”

在接下来的两天时间里，我都没有看到他，直到一天晚上，我在路上看到了他。萧瑟的寒风中，他一人在路边踉跄着前行，一副烂醉如泥的样子。我不想让他停下来。他经过我身边，却没有发现我，火热的眼神执拗地看着前方，似乎黑暗中有人在呼唤他。我紧随其后走了一段路，似乎有一条看不见的线在引领着他。我伤心地回到家，回到我那没有被排解的梦中。

“他用这种方式对内心的世界进行重整！”我想，转眼间又觉得自己的想法太平庸了，满是劝导他人的意思。对于他的梦，我又了解多少呢？可能相比我在我的恐惧中，他在他的醉意中找到了安全系数更高的道路。

课间休息的时候，我偶尔发现一个我从来没有留意到的同学想要和我靠近。这位少年个子不高，看上去一副弱不禁风的样子，瘦瘦的，头发是偏红的金黄色，并不太浓密。他的眼神举止明显不同于其他人。有个晚上，他在我回家的路上等着，他让我先走，之后尾随在我后面，直到走到我家门前，他才停下来。

“你找我有事吗？”我问。

“我只想跟你说点什么。”他害羞地说，“可否帮我一个忙，和我一起来好不好？”

我跟在他后面走，觉得他很是激动，而且充满希望，他的双手抖个不停。

“你是灵魂学家吗？”他突然问我。

“不，克瑙尔，”我笑着说，“完全不是，你为什么会有这样的想法？”

“那你是通神论者？”

“也不是。”

“啊，你怎么这么寡言少语！我有一种非常强烈的感觉，你身上有一种特别不一样的东西，从你的眼神中就可以看出来。我相信你和圣灵一定可以取得联系。我不是实在太无聊了，或者有强烈的探知欲，才跑来问你的，辛克莱，我不会的！我自身也在探索的过程中，你知道的，而且我太孤单了。”

“那你说吧！”我激励他继续说下去，“什么有关圣灵的事，我根本不知道，我在我的梦中生活，相信你也察觉到了，其他人也在梦中生活，只是那不是他们自己的梦，这就是不同点。”

“对，也许是这样。”他小声说道，“那就取决于我们在什么样的梦中生活了。造福的仙术你有没有听说过？”

我只得承认自己没有听说过。

“如果你把这个学会了，你就可以掌控自己了。你可以永生不死，也可以施展魔法。这种练习你从来没有做过吗？”

我满怀着强烈的好奇心，询问他如何练习，一开始，他表现得神秘兮兮的，直到我准备走，他才告诉我。

“比如，当我准备睡觉，或者想要专心致志时，我就会这样做。我的脑海里会有一些东西出现，像一个字或一个名字，或一个几何图形。之后我让它进入我的内心，尽可能地一直想它。我试着想象它存在于我的脑海里，直到我觉得它已经沉浸在其中为止。可是我又想象它存在于我的脖子里，照这样类推下去，直到它完全填满我的身体。这时我会变得坚定起来，我就可以操控自己了。”

他的意思我大体上明白了。可是我觉得他还有什么事瞒着我，因为他太激动了，又神色不定。我试着不在意地向他打听一些事，很快，他就把他真正的目的说出来了。

“你也在禁欲吗？”他小心翼翼地问我。

“你指的是什么？是指性欲方面吗？”

“对的，没错。自从仙术的练习被我知晓以后，我已经在长达两年的时间内禁欲了。我在那之前有了有违道德的行为，你知道我的意思。你还没有和女人发生过关系吗？”

“没有，”我说，“那个对的人我还没有找到。”

“假如你找到了那个对的对象，你就会跟她睡觉吗？”

“对啊，没错，假如她没意见的话。”我略带嘲讽地说。

“哎呀，那你可就大错特错了！只有在完全保持禁欲的情况下，人才能对内心的力量加以锻炼。我已经坚持了两年了，确切地来说，是两年又一个多月！实在是太难了，很多时候我都坚持不下去了。”

“克瑙尔，你听好了，我并不觉得禁欲有多重要。”

“这我知道，”他驳斥道，“所有人都是这么说的。可是，我希望你能给我不一样的回复。所有人都必须保持纯洁，才能抵达精神的更高境界。”

“好，那你就这样做吧！可是我不明白，一个人要想比其他人‘更纯洁’，为什么就要对他的性欲进行压制。难道你所有的思想和梦境都可以把性欲排除在外吗？”

他看向我的眼神充满失望。

“不，不行，那是避免不了的。我晚上所做的梦，连对我自己都难以启齿，太可怕了！”

我想到皮斯托利斯说过的事。尽管我相信他所说的没错，可是我无法再复述给他人听。除非经历过我个人的亲身实践，或者有我的经验，要不然我就不可能把它当作规劝别人的忠告。我一脸沉默，却也因此觉得羞愧不已。有人来询问我的建议，我却什么忙也帮不上。

“我全都试过了。”克瑙尔倾诉道，“我做了所有我能做的一切，我试过冷水浴、冰雪浴、体操、慢跑，可是都无济于事。每天晚上，我从梦中惊醒，我压根不敢去想那些梦。更可怕的是，这里已经失去了我精神上所了解的一切。我几乎专注不了，无法让自己进入梦乡，时常一晚上都睁着眼。我无法再继续这样下去了。如果最后这个战斗失败了，如果我妥协，再次让自己受到玷污的话，那和那些完全不抵抗的人相比，我只会更差劲。这个你总明白吧？”

我点点头，却不能多发表什么意见。一开始，我觉得他太无聊了，我也很吃惊于自己的反应，因为他明显告诉我他很难受，感觉失去了希望，我却没有很好地回应他，我只是觉得无法给他提供任何帮助。

“难道你对此一点办法都没有吗？”最后，他看起来很难过，也很累，“完全没办法吗？肯定会有办法的。你都是怎么做的呢？”

“我没有办法，克瑙尔。这样的事情，没有人能给你提供帮助。也没有人给我提供过帮助。你得自己去想办法，并且和你真正的本能保持一致。此外，没有任何办法。我想，如果你没办法找到自己，那么灵魂你也没办法找到。”

这个个子小小的家伙失望极了，他默不作声地看着我，忽然向我投来仇视的眼神。因为愤怒，他的表情变得狰狞，他大叫道：“啊，你可真是伟大的圣人啊！我知道你也有你自己的罪恶，你把自己乔装成智者的模样，私下里却和我以及所有人都一样，在同样的污秽上依附。你是一只猪，和我一样的猪，我们都是猪！”

我转身离开这里，留他一个人在那里。他在我后面走了两三步，就停下来不走了，转身跑开了。我产生了一种和同情、厌恶相似的感觉，这种感觉让我很是难受，我一直被这种感觉所困扰，直到回家以后，把我的几幅画摆放在我的小房间四周，带着真诚的渴望，在自己的梦里沉醉才好一点。这时，我再次做梦了，我梦到家门和徽章，梦到母亲和那位陌生的女人，这个女人的特征太清晰了，于是我开始动笔画她。

几天以后，在恍恍惚惚中，我完成了这幅画。到了晚上，我把它挂在墙上，之后把台灯移过去。面对它时，我就像在朝圣一样，即便是做选择也都得和它对抗。画中的面孔和之前的画很像，也很像我的朋友德米安，甚至还有些地方像我。很显然，其中一只眼睛要比另一只眼睛高，它的眼神从我头顶越过去，专心地凝视，被命运的意味填满。

我在这幅画前长久站立，因为内心实在是太累了，我不由得感到了一阵阵凉意，连心窝都是凉的。我向这幅画提出疑问，对它进行指责、爱抚，向它祷告，我用母亲、情人、婊子和妓女，以及阿布拉克萨斯称呼它。皮斯托利斯对我说过的话忽然出现在我的脑海里。又或者是德米安说过的？我忘记了到底是谁说的了，可是它们又似乎在我耳边响起。那是有关雅各和上帝的天使争斗的故事。

“你要是不祝福我，我就不允许你去。”

每当我真诚地发出祷告，台灯映照下的这幅肖像便持续幻化着。它忽而闪烁着明亮的光彩，忽而昏暗不已，忽而把灰白的眼皮闭上，眼神随之消失，忽而把眼皮张开，露出火热的光芒。它是女人，是男人，是女孩，是小孩，是一只动物，它慢慢变成一个斑点，之后又变得又大又清晰。最后，在内心强大的召唤下，我把双眼闭上，从内心深处观察这幅画，它变得愈加清晰了。我想在它面前跪下来，可是它已经在我的心里藏得如此之深，以至于我没办法剥离它，似乎它已变成更多的我。

一阵低沉的呼啸传入我的耳畔，似乎是春天里吹起来的风暴，我实在无法形容这种从来没有过的感觉，自己的恐惧和眼前的经历都把我吓得瑟瑟发抖。我面前闪耀着星辰，之后又熄灭，一下把我带回到最开始的、差不多已经被忘记的童年，甚至我还没有进化的时期和形成的阶段，过去的回忆拥挤着从我的身边流过。这些回忆好像将我的生命再次展现出来，直到最私密的地方，却没有在过去和今天停下来，而是持续往前，对未来进行着反映，让我离开今天，进入新的生命形式。这个生命形式的意象很亮，而且魅力无穷，之后，我却完全没有印象了。

晚上，进入沉沉睡眠的我突然清醒过来。我在床上横躺着，身上还是穿的昨天的衣服。我把灯火点亮，我要去回忆一件非常重要的事，却把几小时之前发生的事都给忘了。记忆慢慢浮现上来。我四处寻找这幅画，它已经不在墙上，也不在桌上。我不记得到底是我烧了它，还是那只是一场梦？梦里我烧了它，并吞下了灰烬。

因为太害怕了，我把帽子戴上，冲出屋外来到马路上，似乎有什么东西在追着我。我不停地奔跑，从大街小巷穿过去，从广场越过去，似乎受到一阵狂风的追赶。我停在我朋友那座昏暗的教堂前，开始静静地聆听，我在黑暗的欲望中四处寻觅，却不知道到底在寻找什么。我从一个处处是妓女户的区域经过，有些窗户的灯还亮着。再远一点是新建筑和成堆的瓦砾，有些地方还被白雪覆盖着。不知道在一种什么样的压力的驱使下，我像一个梦游者一样，从一片荒地穿过，这时，我忽然想到家乡那座才盖好不久的建筑，我的施虐者克罗默第一次对付我，就要把我带到那里。在夜晚不甚明亮的光线中，我看到眼前有一幢类似的建筑物，黑色的门好像张开口，正和我相对，向我发出诱惑的挑逗。我想离得远远的，却被沙子和瓦砾绊倒了。我内心的一股渴望越来越强烈了，我一定得进去才行。于是，我从木板和碎裂的砖块越过去，一步一挪地走进荒凉的屋内，冰冷的石头发出的气味实在是太难闻了。里头的地上有一堆沙子，一点点灰亮，此外全是黑的。

这时，响起一个慌张的声音：“老天哪，辛克莱，你怎么来了？”

从黑暗中窜出一个人影，是那个个子小小的、瘦瘦的男孩，像个鬼魂一样，把我吓了一大跳，我认出了他，他是我的同学，克瑙尔。

“你怎么会来这里？”他太激动了，“你是怎么找到我的？”

我不知道他在说什么。

“我没有在找你。”我晕晕乎乎地说，每吐出一个字，我都觉得浑身乏力，从我那筋疲力尽的、压抑的，像冻住了的嘴唇中艰难地说出每一个字。

他一脸吃惊地看着我。

“你没有在找我？”

“没有，我是受到一股力量的吸引。你有没有呼唤我？你肯定呼唤了我。你在这里做什么？现在可是半夜啊！”

他向我伸出瘦弱的手臂，紧紧地抱住我。

“没错，是半夜，马上就是黎明了。哦，辛克莱，你还记得我！你可以原谅我吗？”

“原谅你什么？”

“啊，我曾经待你的态度那么差。”

这时我们之间的谈话才浮现在我的脑海里。那件事发生在四天或五天前？我觉得好像一辈子都过去了。突然明白过来，对我们之间发生的一切了然于心，对我跑到这里来的原因有所了解，对克瑙尔出现的意图有所洞悉。

“原来你准备自杀啊，克瑙尔？”

他不由得打了个寒战。

“是的，我想自杀。我不知道能不能做到。我想先等等，等天亮了再说。”

我将他拉到外面去。清晨的第一道光洒在灰色的大地上，显得落寞无比。

我把这个男孩抓住，往前走了一段，我的内心告诉自己："现在你回家吧，不要跟任何人说什么。你只是走错路了而已。我们也不是猪，和你想象的并不一样。我们是人，众神就是由我们创造出来的，和他们搏斗的也是我们，而他们却祝福我们。"

我们安静地朝前走，之后各自回家。当我回家时，天空都露出了鱼肚白。

我和皮斯托利斯在一起的经历是我在 St 城生活度过的最美好的收获，不管是在教堂的管风琴旁，还是在他房间里的壁炉前。我们一起阅读和阿布拉克萨斯有关的希腊文文章，他会给我念一段《吠陀》的译文，告诉我如何念神圣的"嗡"（Om）音。可是，这些伟大的知识并不是从内心支持我的力量，反之，是我内在的进步让我知足。我对自己的梦、自己的思想和灵感越发相信，对于自身所拥有的力量也越来越了然于心。

我和皮斯托利斯对彼此都再了解不过了。我只要用力地想他，便可以感受到他或他的祝福。我可以向他打听任何事，就像问德米安一样，却不需要他就在我身边：我只要用力地想象他，对我的问题进行转化，变成强烈的意念，向他指去，接下来，所有问题就都会形成心灵的组成部分，形成回复，回到我这里。只是存在于我想象中的那个人不是皮斯托利斯，也不是德米安，而是我画的那幅中性的画像，那个我召唤过来的恶魔幻象。现在它不仅在我的梦中或纸上存在，还在我的内心驻扎，似乎变成一个完美的我，一个强大的我。

自杀没有成功的克瑙尔进入我的生活以后，一个很特别的情况就出现了，有时候甚至可以用离奇来形容。自从我受到某种指引，去把他找到的那个夜晚以后，他就像一位忠诚的仆人，又像一只忠实的狗一样，一直跟在我身边，想要联结他的生活和我的生活，不分青红皂白地跟着我。他告诉我他有些什么离奇的问题和想法，他想看到圣灵，想对犹太教的神秘教义进行学习。虽然我跟他说了，我完全不知道这些，可是他依然不愿意相信。他觉得我是有超能力的人。可是事情往往就是那么奇怪，只要我内心亟待解决什么问题时，他就会来问我一些奇怪的问题，那些奇怪的想法，却让我颇受启迪，从而化解我的问题。我总是对他烦不胜烦，粗鲁地把他赶走，却觉得冥冥之中，他也是被派来找我的，不管我给他什么东西，都可以从他那里得到成倍的反馈。对于我来说，他也是一位引领者，或是一条道路。他给我看了非常好的书籍和文章，他从中获得救赎，同时也让我有很大的收获，远远多于我此刻的觉悟。

后来，不知道为什么，克瑙尔和我之间渐行渐远。

我不需要再和他理论什么，可是我和皮斯托利斯之间的争辩却没有停歇。在 St 城读书的最后一段时期，我还和这位朋友有过一些奇特的经历。

在人的一生中，难免会有几次站在尊敬与感谢这些美德的对立面，即便是内心良善的人也差不多无法回避。每个人早晚会和他的父亲、老师分离。每个人都要忍受一些孤独的侵蚀，大部分人都忍受不了，于是没过多久，又再次和他人取得联系。我和父母以及他们的世界　　美好童年的“岁月”世界分离，是很平静的，几乎很难让人发现，而没有经历什么大的战斗，慢慢地和他们之间的距离越来越远。我为此伤心了很长一段时间，回乡做客变成了一件痛苦的事情。可是它并没有让我的心受伤，在我还可以忍受的范围内。

可是，当意识忽然无比清晰地出现在我的眼前，内心关键的思绪马上就要离我们的挚爱远远的了——我们不是因为习惯，而是意志，把爱和敬畏的所在献出去，我们总是想成为追随者和朋友的所在——那个时刻就太痛苦了。每个违背朋友和师长的想法，都狠毒地对我们的内心发动攻击，而每一次回击都正好在我们自己脸上落下来。自诩品德高尚的人的头脑里会出现“不忠”和“背信弃义”等词，这种指责就像耻辱的称呼和印痕，于是有人吓得瑟瑟发抖，紧张不已地逃回童年的道德幽谷，对于和父母、师长之间分离持怀疑态度，一定要斩断这层牵绊。

我坚决跟随皮斯托利斯的脚步，可是当时间一天天过去，我慢慢开始厌恶这个想法。在我少年时期最为关键的几个月里，我们成了朋友，他给了我建议、抚慰、接纳。通过他，神和我讲话，通过他的解释，我的梦又回来了。他让我具有力量，让我回到我的内心。啊，现在的我却开始反抗他，而且这种力量越发强大。在他的话中，我听到了太多说教，我觉得他并不太了解我。

我们之间没有爆发纷争，没有不高兴，没有撕裂，甚至都没有一次报复。我只告诉了他一句，事实上不是什么不好的话，可是，我们之间的幻想突然就裂开了。

这个预感已经让我烦恼了相当长一段时间了，直到某个星期日在他的旧书房里，这种感觉才清晰下来。我们在壁炉前的地板上躺着，他说着他正在研读的秘密宗教仪式和宗教形态，他在对这些东西将来有多大的可能进行研究。我觉得这一切与其说是与生命息息相关，还不如说是离奇，它听上去像是说教，像是在过往世界的废墟中拼命探询。这整个形态，这种狂热地崇拜神的状态，这种传统形式上的模仿游戏，让我觉得不好受。

“皮斯托利斯，”我忽然说，语气非常糟糕，“您应该跟我说一个梦，一个您真正做过的梦。您现在所说的这些可真是太过气了！”

这是我第一次这样说话，而就在这一刻，我也觉得惭愧、害怕，我用来对他发动攻击，并精准地射中他的这支箭，原来就是从他的武器库来的——他偶尔自我揶揄的话被我用更加糟糕的语气朝他扔去。

他马上察觉到这股不怀好意，没有作声。我害怕地看着他，看到他的脸色变得一点血色都没有。

长久的沉默过后，他又添了些木柴到火里，平静地说："您说得很对，辛克莱，您很聪明。我是在用过去的东西敷衍您。"

他的语气没什么波澜，可是我听得出来，他的心遭到了重击。看我都做了些什么呀！

我的眼泪差点就要掉下来了，我想真诚地看向他，请他原谅我，告诉他我的爱、我温柔的感激。我的心头涌上千万种华丽的语言，可是我却什么也没说。我只是在那里躺着看火，一个字也不说。而他也沉默着，两个人就这样安静地躺着。火越来越小，看上去马上就要灭了，伴随着清脆的火焰声，我觉得一些美好的东西正在慢慢消逝，永远不会再回来了。

“我觉得您肯定误会了。”最后我非常小声地说道，声音沙哑。这些愚蠢、没有任何意义的话从我的嘴巴里一个字一个字地蹦出来，似乎在朗诵报纸的连载小说一样。

“我明白，”皮斯托利斯小声说，“您说得没错。”他停顿了片刻，之后慢慢说道，“一个人会和另一个人唱反调，有时候并不是没有道理的。”

不，不，我的内心发出呐喊声，我哪有道理啊！可是我无法说出来。我知道简短的一句话，把他的伤口指出来了。我触到了他本身的盲点。他的理想“过时”，他对过去孜孜以求，他是一个有着浪漫情怀的人。我忽然意识到，皮斯托利斯于我而言，以及他带给我的所有，正是他不能让自己拥有的东西。他告诉我一条明道，即便是这条道路也必须远离他，不和这位引导者待在一起。

啊，天知道这样的话是怎么脱口而出的？我压根没有什么不好的想法，也不知道会引发灾祸。我说了一些话，在把这些话说出来的当时，我却压根不知道这些话有什么意思。在一个小小的、有点幽默、带点恶意的想法的推动下，将它变成了命运。我犯了一个不认真的小错误，可是对于他来说，却是一个审判。

哦，当时我多么希望他会怒发冲冠，冲我嚷嚷，为自己辩护啊！可是他什么也没做，而我则要在内心把这一切处理好。如果他还有办法微笑的话，他会笑起来。可是他没有，足以让我发现我对他的伤害多么深。

皮斯托利斯默默承受了我这个冲动、不懂得感恩的学生带给他的打击，他沉默着，并让我拥有这个权利，他认为我的话就是命运。如此一来，他便严重化了我的轻率，我对自己更加厌恶了。当我用力捶击，觉得自己正向一个强者，一个能征善战的人发动攻击，殊不知对方竟是一个默默容忍的人，一个甘愿投降、没有能力对抗的人。

我们在逐渐熄灭的炉火前躺了很久，每个炽热的形体，每根弯折了的柴火，都把记忆里那些美好的时光唤醒了，也让我越发愧对皮斯托利斯。最后，我实在无法忍受了，就起身走了。在他门前逗留了好一阵，又在阴暗的楼梯间徘徊了许久，在屋外又等了一段时间，看他会不会追出来。最后，我终于还是走了，我快速奔跑，从城市和郊区穿过，从公园和森林穿过，直到晚上，我才发现自己额头上好像有该隐的记号。

慢慢地，我才想清楚整件事。一开始，我所有的想法都在试图对自己进行指责，为皮斯托利斯申辩。没想到最后的结果却是完全反过来的。我曾经多次准备忏悔，为自己的鲁莽忏悔，要把它收回来，可是不管怎样，它终究已经变成了事实。如今我才对皮斯托利斯有了真正的了解，并看到他所有的梦。这个梦是要当一名牧师，对新的信仰进行宣传，赐予鼓励、爱，敬仰新形式，把新的象征建立起来。可是，他并不拥有这股力量，他也没有这个义务。他总是对过去念念不忘，太过于了解以前的事情，他知道太多有关埃及、印度、密特拉神、阿布拉克萨斯的一切。他的爱被古代世界的意象所限，而且他也深深地明白，这个新信仰一定要是焕然一新的，它一定要是从新鲜的土壤而来，而不是从图书馆收藏的文物而来。可能他的义务在于给人们提供帮助，帮助人们找到自己，就如同他帮助我把自己找回来一样。可是，他并没有责任带给人们新鲜的事物，给人们创造新的神。

这时，一个忽然的醒悟，就像一道烧得正旺的火焰燃烧了我，每个人都有一项“义务”，可是不能遵照自己的意思来对这项义务进行选择、规范和管理。追求新的神是不对的，就更遑论给世界添加什么了。一个成熟的人只有一个职责，那就是找寻自己，义无反顾地成为自己，不管向哪个方向前进，都持续往前对自己的路进行探索。这个体会让我深受触动，对于我来说，它是这次经历最后的结局。我幻想着自己的未来，我曾经梦到过我自己要扮演的角色。可能是个作家，可能是个先知、画家，或者其他事业。可是这一切都是错的。我来的目的不是写作，也不是布道，更不是画画，不管是我，还是其他人都是如此。这一切都只是附带出现的。回归自己才是每个人真正的责任所在。他最后可以用一个作家或疯子，或先知，或罪犯的身份死去，可是这些都不是他的责任，无足轻重。他的责任在于：把自己的命运找到，不是一个随便的命运，而是尽情活在那其中，专心致志地生活。此外，其他一切都是残缺的，是一种逃避的居心，是想要回到群体的模板中，是为了和自己内心的害怕相适应。

我的眼前出现新的意象，我曾经多次预感到，可能还时常说出来，而体会却是现在才有。我是大自然创造出来的杰作，这个杰作可能会抵达虚无，可能会抵达未知，可能会进入新事物。让这个杰出最先在最底层发挥作用，而我的责任在于让它的意志显现在我的身上，并让它完全变成我自己的意志。我有且仅有的一个责任就是它。我已经尝够了孤单和寂寞，现在已经预料到，将来还会有更难忘的孤单和寂寞，而且我根本无法摆脱。

我没有试着和皮斯托利斯修复关系。我们依然是朋友，可是两人之间的关系已经不复从前。只有一次，我们谈到了那件事，事实上是他提起来的。他说："你已经知道，我想当牧师，而且最想当的是新信仰的牧师，我们已经对这个新信仰有一定的预感。可是我不可能成为牧师——我自己知道，而且很久以前就知道，却一直不想承认。也许我会做其他的事情，可能会负责管风琴，也可能会做其他的事。可是我周围一定有一些我觉得很好的东西，管风琴音乐、神秘的宗教仪式、象征和神话，我都需要，我不想舍弃它们。这是我的不足。因为有时我知道，我有这样的愿望是不应该的，它们是奢侈品，也是缺憾。如果我可以完全听任命运的摆布，那就会变得更加好。可是我根本无法做到：就只有这件事我做不到，可能你还有能力这样做。它太难了，它是仅有的一个难题，我的孩子。这些时常出现在我的梦里，可是我怎么能这么做呢，我觉得胆战心惊。赤裸和孤单地生活是我根本做不到的事，我也是一只贫穷、孱弱的狗，这只狗想要美好和食物，偶尔也想靠近同类。不管是谁，假如只要命运，而对其他东西不屑一顾的话，那么他就不会再有同类，会变得非常孤单，他身边的世界都是冰冷的。耶稣在客西巴尼园的故事您是知道的，曾经有殉道者甘愿被钉死在十字架上，可是他们也不能被称为英雄，因为他们没有获得救赎，因为他们仍然对家乡的熟悉事物有强烈的渴求，他们拥有榜样和梦想。只想要命运的人，不仅不能再有榜样，也不能再有梦想，也没有爱和抚慰！事实上，这是他的必经之路。像我和您这种人天生就是孤独的，可是我们还可以依靠彼此，我们还可以通过私密的方式来解决、反抗或追求新颖。假如一个人要完全走在这条路上的话，即便是这样也不能拥有。他也不能想要成为革命者，成为模范，成为殉道者。这是令人无法想象的——”

是的，它已经超出了想象的范围，可是它可以成为梦想，成为被探究、被预测的对象。当我在全然安静下来时，有几次我都对它有所感觉，之后我审视自己的内心，看到我的命运意象打开专注的眼神。它们可以是智慧超群的，可以是极其癫狂的，可以发散出浓浓的爱意或恶意，对我来说并没有什么区别。人不能去对它们进行选择，也不能在心里想着它们。人只有在心里想着自己，只能期待让自己的命运有所改变。皮斯托利斯充当引领者的角色，带着我往前走了好长一段路。

我像个双目失明的人一样，在那段时间里四处游荡，我的内心有狂风怒吼的声音，每一步都充满危险。我只看见深渊，过去所有的道路都迷失在这片黑暗中。而我却在内心深处看到引领者的意象，他类似于德米安，他的眼神中有我的命运。我在一张纸上写下："我没办法一个人前行，请给我提供帮助！"

我想把它给德米安寄过去，可是我放弃了：每当我想寄出它的时候，它都给人特别荒唐的感觉，毫无意义。可是这个小小的祈祷被我背得滚瓜烂熟，有时在心里偷偷地念，它每时每刻都跟在我身边。我开始知道祈祷的内容。

我的中学生活画上了句号。父亲觉得趁着假期，我应该出去旅行一次，之后就去上大学。我不知道应该选择哪一个科系。我被允许先去上一学期哲学，对于我来说，如果换作其他科系也没什么关系。

夏娃夫人

假期中，我到德米安几年前和他母亲居住的地方去过一次。花园里有一位老太太止在散步，我和她聊起来，才知道她就住在这幢房子里。我向她打听了德米安家的事，她对他们印象很深，可是她不知道他们现在住在哪里。她觉察到我对此有强烈的探知欲，于是把我带到屋里，把一本皮面的相簿找出来给我看，里面有一张德米安母亲的照片。她长什么样，我几乎是一无所知的，可是当这张小小的照片映入我的眼帘，我差点屏住呼吸。这就是我梦中的图像吗？就是她，这位身材高大、中性的人，和她的儿子长得几乎一模一样。她有慈母的特点、严厉的特点、热情的特点，不仅长得很美，而且非常有魅力，给人生人勿近的感觉。她是魔鬼也是母亲，是命运也是情人。这就是她！

当我发现梦中的图像竟然真的在这个世界上存在时，我忽然惊讶极了。事实上，有一个女人看上去是这样，她长着我命运的样子。她在哪里？她到底在哪里？更让人讶异的是，她还是德米安的母亲。

没过多久，我就开始了旅程。这是一趟特殊的旅程。我在不同的地方奔波，顺应自己的欲望前行，四处寻找这个女人。有些时候，我碰到好几个和她长得很像的女人，可以让我一眼就想到她，和她一样，她们带领着我从大街小巷穿过去，在车站奔跑，在火车里静静地坐着，就像身处复杂的梦境中。也有一些时候，我发现自己的寻找注定是一场空，于是我百无聊赖地在公园里、在旅馆的花园中、在等候大厅里坐着，意识钻进我的内心，想在我的内心彰显这个图像，可是它却变得害羞起来。我没办法进入梦乡，只有在旅途的火车上才偶尔小憩一会儿。有一次在苏黎世，有个女人一直跟在我后面，那是一个美丽、有点淫荡的女人。我几乎把她当空气一样无视，继续往前走。假如要我注意其他女人，哪怕只是很短时间，我也甘愿立刻死去。

我觉得我正受到我的命运的牵引，觉得愿望就快要达成了，而我却极其不耐于自己的毫无办法。在一个火车站，我曾经想到是在茵斯布鲁克，有一列正准备开车的火车车窗外，我看到一个让我立刻想到她的人，那一整天，我都无精打采的。到了晚上，这个人又忽然在我的梦里出现。我的追求太愚昧，太没有意义了，我满怀惭愧和空虚从梦中醒来，之后回家了。

我于几个星期以后到 H 大学登记。大学里的一切都没有引起我的兴趣。我参加的是哲学史讲座，和其他所有大学生活一样，枯燥且无趣。所有都要遵照一样的模式进行，每个人所做的事情都一样，在天真的脸庞上彰显的那种被激发起来的快乐，竟然如此让人难过，一点活力都没有。可是最起码我是自由的，我可以完全掌控自己的时间。我在城郊一幢舒适的旧屋里居住，过着与世无争的生活。我放了几本尼采的书在桌上，我和他一起生活，感受他心灵的孤单，体会到他被赶着往前走的命运，和他一起经历磨难。我觉得很开心，过去也有人这样坚持走自己的路。

有天晚上，秋风乍起，我来到城里闲逛。从酒馆里传出学生们的歌声，从打开的窗户中飘出一缕缕烟草的烟雾，他们的歌声是那么高亢，那么简约，可是听上去却很是沉重，而且没什么变化。

我在一处街角站定，听着两家酒馆里年轻人的嬉戏打闹，直到深夜，他们才散场。处处都是聚集的人群，处处都是群体生活，处处都有人想离自己的命运远远的，为了温暖而再次回到群体。

有两位男子从身后慢慢靠近我，他们的一段对话飘过我的耳畔。

“那和非洲村落里的少年窝有什么区别？”其中一个人说，“没错，甚至连刺青都是一种流行。您看，这就是欧洲的年轻人。”

我觉得这个声音听上去有强烈的好为人师感，觉得很是熟悉。我紧跟在这二人后面，和他们一起来到一条黑暗的巷子。其中一个是日本人，个子不高，也不壮，却很时尚，借着路灯，我看到了他黄色的、微笑的脸庞。

这时候，另一个人开口了：

“事实上，你们日本的情况也没好到哪儿去。那些没有人云亦云的人，被看作异类。这种人在这里也有一些。”

他所说的每一个字，都带着惊喜奔向我，我很是惊讶，这个讲话的人我认识，那是德米安。

在这起风的晚上，我跟在他和这个日本人的后面，从黑暗的街道穿过，倾听他们的交谈，享受德米安的语调。他的语调还是过去的老样子，给人满满的安全感和宁静，强烈地影响着我。现在一切又回到过去的美好。我把他找到了。

日本人在城郊一条路的尽头和他说再见，把钥匙拿出来，把门打开。德米安回过头来，我在路中央站定。我看着他走向我，坚定、有力，身穿咖啡色雨衣，手里挽着一支细拐杖。我的心都要跳出来了，直直地盯着他。他慢悠悠地走到我正前方，把帽子脱下来，把曾经那张聪明的面孔露出来，嘴角仍然透露着坚毅，宽宽的额头仍然明亮。

“德米安！”我叫道。

他把手伸向我。

“原来是你啊，辛克莱！我在等你。”

“你怎么知道我在这儿？”

“我不太知道，可是我的确一直心怀期待。今晚我才看到你，你一直跟在我们后面。”

“原来你早就把我认出来了？”

“当然，尽管你和从前相比有了变化，可是你依然有那个记号。”

“记号？什么记号？”

“假如你还有印象的话，之前我们用该隐的记号称呼它。我们就是因为这个记号才成为朋友的。而如今这个记号越发清晰了。”

“我不知道，或者事实上我知道。德米安，有一次，我画了一张你的肖像，而让人觉得讶异的是，那些肖像长得和我很像。是因为这个记号吗？”

“没错，就是它。现在你来了，真是太好了！我的母亲也会很兴奋的。”

我大吃一惊。

“你母亲？她在这里？可是她怎么会认识我呢？”

“哦，你的事她知道，哪怕我没有告诉她你是谁，她也会把你认出来的。我已经太久没有你的消息了。”

“哦，我时常想给你写信，可是我做不到。我已经有很长一段时间，觉得自己一定要快点把你找到。我天天都抱着这样的希望。”

他勾着我的手臂，继续往前走。我也深受他身上散发出来的那股宁静的感染。我们快速聊起了天，就和以前一样。我们遥想曾经的中学时代，坚信礼的课程，还有假期当中不太愉悦的聚会。可是哪怕是这样，我们两人之间最开始，而且也是最密切的事——和克罗默有关的那段往事，却依然没人提起。

我们又立刻说到那极少有人说到的预言式话题。沿着德米安和那位日本人的交谈继续下去，说到大学生生活，进而又说到看上去遥不可及的其他事情，可是德米安的话，总可以让它们产生联系。他说到欧洲的精神和这个时代的标志。他说，现在处处都在盛行组织、联合群众，自由和爱像是消失了。所有这些联合，小到学生团体、合唱团，大到国家，都是一种被迫结合在一起的组织，是一种源于害怕和躲避困境才形成的组织，它的内部是腐朽的，差不多就要分崩离析了。

德米安说："联合是好事。可是，现在在各地发展得欣欣向荣的，却完全不是这么回事。现在的联合只是一种聚众的形式，那是考虑到认定彼此，只能短暂地让这个世界得以改变。现有的联合只是一种聚众形式。为了逃避命运，人们向彼此逃去，因为他们害怕彼此——于是绅士和绅士联合在一起，工人和工人联合在一起，学者和学者联合在一起，他们在害怕什么？只有在无法和自身相处时，人才会害怕。他们害怕，是因为他们压根不了解自己。这种结盟是由很多对自己内心完全不了解，所以感到害怕的人组成的。他们觉得他们赖以生存的准则错了，他们觉得他们以古老的规定为依据在生活，他们的信仰和现代的需求不相符，他们的美德也和现代的需求不相符。欧洲人致力于科技和工厂的发展已经有长达几百年的时间了。人们明确地知道几克的粉末可以让一个人去死，却不知道如何向上帝祷告，甚至不知道怎么高兴地度过一小时。你只要看看学生们经常去的酒馆就可以了。只要看看有钱人时常去哪里娱乐就知道了。这些地方一点希望都没有。亲爱的辛克莱，欢乐不可能从这些而来。这些因为心里害怕而联合在一起的人，事实上内心全是害怕和仇视，也不相信对方。他们已经没有依恋的理想了，只要有人提出新概念，他们就杀死对方。他们会来的，相信我，过不了多久，他们就会来了。当然，他们不会对这个世界有任何的改变。无论是工人把工厂主人打死，还是俄国和德国互相朝对方扣动扳机，这些都只是在权位上交换了角色而已。可是我们的努力是会有结果的。这充分说明现在的理想太脆弱了，石器时代的众神将倒下去。现在的这个世界将死亡，将毁灭，一定会的。”

“那我们会如何？”我问。

“我们？哦，可能我们也会一起毁灭掉。人们也可以把我们毁灭。只是这并不是我们的终点。我们之中会有人幸存，或者会有事物幸免，将来的意志会集中到一块儿。人类的意志将彰显，在相当长一段时间内，欧洲的科技都在过度发展。最后也将会证实，人类的意志和现代各种结盟的意志、国家和民族的意志、社团和教堂的意志不可能一样，因为，大自然想要人类做的事，就在每个个体中存在，在我们的心灵深处存在。它在耶稣的身上存在，也在尼采的身上存在。如果现在的结盟分崩离析，这些重要的潮流便有机会发展了——每天的表现都会不一样。”

我们停在河边的一座花园前，已经很晚了。

“我们就在这里住，”德米安说，“有空来我们这里玩，我们很欢迎你的到来。”

我高兴地徜徉在凉爽的夜里，沿着漫长的路往回走，随处可以听到学生吵闹的声音。我时常会对比他们荒谬的快乐和我落寞的生活，有时会产生一种匮乏感，也时常带着自我揶揄，从来没有像今天这样，这么多宁静的、秘密的力量，让我觉得这些学生的生活和我一点关系都没有，对于我来说，这个世界遥不可及。

我想到家乡的公职人员，一群年高德劭的先生，他们时常会回忆起自己学生时代在酒馆消磨的时光，就像对神圣的天堂进行回忆一样。他们对于消失的“自由”过度崇拜，对于他们的学生时代过度崇拜，就像作家或浪漫主义者过度崇拜童年一样。处处都是如此。过去，他们到处寻找“自由”和“快乐”，却又心存畏惧，因为有人也许会告诉他们，自己的职责是什么，有人可能会督促他们，走好自己该走的路。他们在酗酒和狂欢中度过了好几年，之后融入人群中，做严肃的君子，在各种机关任职。没错，世界没落了，我们的世界腐朽了，可是和其他数百种行径相比，学生们的糊涂还不会糊涂、恶劣到一定的境地。

可是，当我回到偏僻的住所，准备上床休息时，这些想法都不见了，整个思绪被希望填满，对于今天这个伟大的承诺留恋不已。只要我愿意，明天我就可以和德米安的母亲相见了。就让那些学生去酒馆吧，任由他们在脸上刺青，就让世界没落，走向毁灭吧——这些都和我没有关系了。我现在只期待我的命运会出现一个新图像。

我进入了沉沉的梦乡，第二天早上醒得很晚。对于我来说，新的这一天就像一个盛大的节日到来，自从孩童时期的圣诞节以后，这种感觉就好像没有过了。我很紧张，却不害怕。我觉得重要的日子就要来了，我看到周遭的世界正在悄悄发生变化、等候、满是暗示，庄严而盛大。即便是秋天令人讨厌的细雨也变得漂亮起来、平静下来，就像神圣欢快的音乐，节日气氛很是浓厚。外在的世界第一次和我的内在世界保持和谐——生活这件事很值得。路上什么都没有，没有房子，没有橱窗，没有脸孔，所以我没有受到任何影响。虽然一切都如同往昔，可是没有平常的庸俗、寂寥。所有事物都满含期望，恭恭敬敬地欢迎命运的随时光临。

当我还处于孩童时代时，只要一到重要节庆，像圣诞节和复活节，一到早晨，就会有如今这种感觉。没想到世界依然这么美好。我已经习惯于在自己的内心生活，对于我来说，外在已经毫无意义。我觉得童年既然已经不在了，世界也就随之没有了色彩，你们一定要将这些诱人的光亮舍弃，才能在心灵上得到自由，成为一个男人。这时，我蓦然发现，这一切只是被掩藏起来了，或者被什么挡住了，哪怕你已经得到自由，哪怕你已经把童年的幸福舍弃了，你依然可以看到闪亮的世界，还是可以品尝到孩子独有的单纯和慌张。

我再次来到郊区的这座花园前，昨天我和德米安就是在这里说再见的。隐约可以看到有一幢小房子位于茂密的树丛后面，看上去很是明亮，一面大玻璃墙后面，有一片灌木花丛。从明亮的窗户看过去，可以看到房子里的墙壁是深色的，上面有图画和书架。从大门进去以后，可以看到一间开着暖气的小客厅，一位身穿黑色衣服、系着白色围裙的老女仆引领我进去，帮我把大衣外套脱掉。

她让我一个人待在客厅里。我看了看周围，顿时如入梦境。暗色的木板墙上，一幅熟悉的、裱着玻璃黑框的画就挂在那里的一扇门上方，那是我的画，那只离开世界的壳、有着金黄色头的雀鹰。我兴奋不已地站在那里——我的心激动地跳动着，似乎我曾经经历过的一切，忽然之间都得到了回应，完好地回到我身边。一些影像快速划过我的心头：我家的房子和门拱上方久远的石头徽章，男孩德米安正在描绘徽章，而同样是小孩的我，慌张地被克罗默的邪恶魔力所裹挟。成长为少年的我，在宿舍的书桌旁安静地画着我想象中的鸟，自己结成的网困住了自己的心——这一切，截止到现在，这一切都回响在我的内心，都被我的内心所接受、所回复、所认可。

我眼含热泪地看着这些图画，大脑在快速运转。这时我低下头，因为一位高大的女士正站在画下面敞开的门中间，她身穿黑色洋装。是她。

我一下说不出话来了。这位美丽的、让人敬仰的女士，正慈祥地对着我笑，她的脸庞好像失去了时间和年龄的印迹，和她的儿子是那么相似，而且意志力很强。她的眼神给人知足的感觉，她的问候是回家的意思。我把我的手朝她伸过去，她用力地握住了我的双手。

“您是辛克莱，我一下就把您认出来了。非常欢迎您的到来！”

她的声音温暖而热情，像香醇的美酒。我抬头看着她平静的脸庞，看入那黑色的眼睛里，看着她那丰满的嘴唇，那尊贵的额头，也有那个记号。

“我太高兴了！”我热烈地亲吻着她的双手，“我觉得我在外面一世奔波，如今终于回家了。”

她笑得很亲切。

“人总归是要回家的。”她和蔼地说，“在诸多友善聚会时，整个世界给人的感觉的确和一个家园无异，可是也是暂时的。”

她把我在找寻她的路上所有的感悟都说出来了。她的声音、她说的话，都和她的儿子太像了，可是又有很大的不同：她更加热情、更加自然。就像德米安给人的感觉，外表看起来不像一个孩子，他的母亲也不像一个有着成年儿子的女人，她的脸和头所散发出来的都是年轻的、美好的气息，她的皮肤是那么紧致，唇色是那么好看。相比在我的梦中，此刻的她看上去更加威严，却又如此亲切，让我有恋爱的满足感。

出现了新的图像。这个图像将我的命运彰显出来了，它将不再是残酷、孤单，而是缓和、愉悦。我没有决定什么，没有许下誓言，而来到了一个目的地、一处高点，从这里远远看过去，将来前景的美好出现在我的眼前，幸福的树荫底下就有我向往的希望之乡，围绕着快乐的亲密花园，就让它过来吧！我和世间的这个女人认识了，倾听着她的声音、呼吸着她的气息，此刻的我真的是太快乐了。希望她是我的母亲、情人、女神——只要她在这里！只要我的道路和她紧紧依偎就好了！

她指着我画的雀鹰。

“德米安很高兴看到这幅画，”她意味深长地说，“我也很高兴。我们一直在等您，当这幅画送来的时候，我们知道您已经在寻找我们的路上。当您还是个小男孩的时候，我的儿子有一天从学校回来跟我说，学校里有一个小男孩的额头上有记号，他肯定会成为我的朋友。这个男孩就是您，对于您来说，这一切都太难了，可是我们相信您。有一次您放假回家，又和德米安见了面。当时您大概十六岁。德米安跟我说——”

我插嘴道：“哦，连这件事他都跟您说了！那是我最不堪的岁月。”

“没错，德米安告诉我，辛克莱正在经历最难熬的时期。他还试着离开人群，甚至长期待在酒馆里。可是他一定会失败。尽管他的记号被挡住了，可是他还是会在暗中难过，是这样吗？”

“没错，是这样的，的确是这样。后来我发现碧翠丝，之后又认识了一位叫皮斯托利斯的引领者，我才明白过来，我的少年时代为什么和德米安之间的关系如此亲密，为什么我不能离开他。亲爱的女士——亲爱的母亲，当时我时常有这样的想法，我一定要结果了自己。对于每个人来说，这条路都这么难吗？”

她轻柔地抚摸着我的头发。

“诞生必然是难的。您知道鸟儿冲破蛋壳，要费多大的力气吗？您仔细想想，之后扪心自问：这条路真的那么难吗？只是很难吗？它有没有美好？您知道其他更美好、更好走的路吗？”

我摇摇头。

“它很难，”我就像进入了梦境一样说，“很难，直到这个梦出现为止。”

她点点头，看向我的眼神很是犀利。

“没错，人们一定要把自己的梦找到，如此一来，这条路才会变得轻松一些。可是，没有哪个梦可以一直持续下去，新的梦会取代旧的，我们不能期待把每个梦都紧紧抓住。”

我听了很是吃惊。这难道是在警告什么？是在拒绝吗？可是都无关紧要了，我已经准备让她引领我前进，无论最后会达成什么目标。

“我不知道我的梦可以延续多长时间，”我说，“我希望它是永恒。在这幅雀鹰图中，我发现了我的命运，它就像一位母亲，就像一个情人。我只归它所有，没有其他人。”

“只要这个梦一直是您的命运，只要您忠诚于它，它就归您所有。”她庄严地说。

我难过极了，真想就在这个沉醉的时刻死去。我觉得内心泛起泪水，把我打垮了——已经有太久没有流过泪了。我赶紧走开，走到窗户边，泪眼蒙眬地望着摆了很多花的远方。她的声音响在我身后，听上去很镇静，却也不失温柔，就像一只装了酒的杯子。

“辛克莱，您是个孩子！您的命运对您满是疼惜。如果您一直忠诚下去，有一天，它终将归您所有，就像您所梦到的那样。”

我平复了一下情绪，再次望向她。她把我的手紧紧握住。

“我有一些朋友，”她笑着说，“一些关系很好的朋友，称呼我夏娃夫人。假如您愿意的话，您也可以这样叫我。”

她把我带到门边，把门打开，指着花园：“在那里，您可以找到德米安。”

我无措又激动地站在大树下，完全不知道相比任何时刻，现在的我到底是更清醒，还是更糊涂。我慢慢走到花园里面。这座花园顺着沿岸延伸。我终于找到了德米安。他赤裸着上身，在一座敞开的凉亭里站着，正在一个沙袋前练习拳击。

我不由得吃惊地停了下来。看上去，德米安很是健康，宽阔的胸脯、坚定有力的头部、强壮的手臂、紧绷的肌肉，来自臀部、手肘和肩膀的动作非常流畅、轻松。

“德米安，”我叫道，“你在这里干什么？”

他笑得很开心。

“我在操练自己。我答应和那个个子小小的日本人比赛摔跤，那小子很灵活，当然也很狡诈。可是，他不可能赢过我。我还欠他一个小人情。”

他把衬衣和外衣都穿上。

“你已经和我的母亲见过面了吗？”他问。

“没错，德米安，你有一个非常伟大的母亲！夏娃夫人！这个名字和她真是太匹配了，她是生命之母。”

他望向我的眼神意味深长。

“这个名字你已经知道了？小子，你真应该为自己感到自豪！她可是头一次和第一次见面的人提到这个名字。”

自那以后，我就像这家的一个儿子、一个兄弟、一个情人一样进出。每当我进来，把小门关上，甚至只要远远地看到花园里的大树，就觉得很知足，很幸福。外头是“现实”，是街道和房子，人们和建筑，图书馆和大教室——这儿却是爱和心灵，这里有童话和梦想。可是，我们并没有过着隐居的生活，我们的思想和交谈往往在世界当中存在，只是在一个不一样的地方。区分我们和大部分人的，并不是一条界线，而是另一种看法，我们的义务在于把一座岛，也可能是一个榜样显现在这个世界面前，不管怎样，就是对另一种生活的可能性进行预告。一直以来，我都是一个人，知道经历过孤单的人也许会有友情。看过其他人的联合以后，我不再有嫉妒之心，也不会有乡愁了，也不再对幸运的宴席和欢乐的节庆有追求了。我逐渐融入这些也有“记号”的人的秘密中。

我们这些带有记号的人，可能会被看作异类，是危险分子，其实我们是得到启迪的人，我们是清醒过来的人，即便是死亡都是保持清醒的，而其他人则是将自己的观点、理想、义务、生命和幸福，与群体紧紧结合在一起，以面对死亡和寻找幸福的办法。可是在我们看来，我们这些被做了记号的人，在对大自然的意志进行描绘时，使之变成了崭新的、将来的意志，其他人则在固定的意志中生活。和我们一样，他们也对人性充满热爱，可是于他们而言，人性是某种已经发展得很好的东西，人们一定要对它加以保存和保护。我们却觉得人性是一种一定要寻找的遥不可及的未来，这个将来的图像没有人知道，它的法则也从来没有被记录过。

除了夏娃夫人、德米安和我，还有些人的探索方式也与众不同，他们在一定程度上也属于我们这个圈子。他们之中，有人选择了一条奇怪的路，给自己制定了非凡的目标，将所有精力都放在特殊的观点和任务上。他们中有天文学家，有犹太神秘教义者，也有支持托尔斯泰的人，还有各种柔弱的、敏感的人，新教的信徒，追随古印度的人，素食主义者等等。事实上，我们之间压根没有引起共鸣的精神，只有一个想法是一样的：我们应该对他人私密的生命梦想加以尊重。其他类似于我们的人，找寻着人类的神祇，回到过去找寻新的梦想代表，他们的研究时常让我想到皮斯托利斯的思考。这些人带来书籍，帮我们对古老语言的经典进行翻译，让我们看一些古代符号和仪式的图腾，并引导我们对人类一直到现在的理想库藏进行观察，发现其包括无意识的梦，看人类怎么在这些梦中思考、对未来可能性进行追求的直觉。所以，我们对诸多古老世界的神有所认识，直到基督教信仰为止。我们对那些落寞的信徒的自由了然于心，对各个民族的信仰变化非常了解。从所有的收集当中，我们开始批判这个时代和当今欧洲。欧洲以过人的恒心，把强大的新武器创造出来，可是最后却畏缩在昏暗、巨大的灵魂中，它把整个世界都赢了过来，却用来把自己毁了。

我们的圈子也涵盖一些拥有某种期待的信徒，有支持救世说的人，有一些想要把欧洲信仰的佛教徒扭转过来的人，追随托尔斯泰的人，以及其他各个教派。尽管我们听他们的学说，却只是将它当作象征而已。我们这些被做记号的人不需要烦恼将来的创造。我们只承认这样一种义务和命运：所有人都应该做完整的自己，和自然在他身上孕育的本质相符，而且服从这个本质，因为未来的不确定性，所有人都可以去创造它想带给我们的事物。

其实，因为我们已经有明显的感觉，现如今的世界就快要崩塌了，一个新的诞生就要到来了，可以看到各种清晰的迹象。德米安有时告诉我："未来实在是无法想象。欧洲的精神就如同一只野兽，它已经被约束了太久。一直以来，它的灵魂被多次否定，多次克制。所以，只要它挣脱出来了，不管是坦途，还是弯路，就都无所谓了。那时候，我们就有机会了，人们将会对我们有需求，不会视我们为引领者或新的立法者——那里不会出现新的法则，而是甘心地服务，愿意共同前进，或在命运召唤我们前往的任何地方留下来。看，只要理想遭到挑衅，所有人都打算做出惊世骇俗的举动。可是，当出现一个新的理想，一个新的，可能带有风险的成长行动，却没有人愿意站出来。到那时，只有少数几个人，也就是我们站出来。正因为这样，我们才被做了记号——就像该隐被做了记号一样，就是为了激发起害怕和愤怒，让人们远离狭隘的田园生活，让他们到危险的地方去。所有影响过人类历史的人，都无法逃脱，都要为此付出劳动，因为他们愿意直面命运。摩西和佛陀就是这样，拿破仑和俾斯麦也是这样。一个人应该服务于何种风尚，又被哪种东西控制，完全是被动的。如果俾斯麦对社会民主党分子比较了解，而且讨好他，那么他可能变成一个聪明人，却不是一个直面命运的人。拿破仑、恺撒大帝、罗耀拉都是这样，所有人都是这样。我们在思考时，一定要站在生物学和进化论的角度来进行。当地球表面发生剧变，水生动物被抛到陆地上，陆地动物被抛到水里，直面命运就有了新的榜样：它们可以对从来没有过的任务加以执行，和崭新的环境相适应，所以得以对它们的物种进行拯救，不让它们灭绝。我们并不清楚这些榜样是不是由同一物种而来，而在它们的同类中，它们的出名方式究竟是保守还是擅长出其不意。我们只知道，它们是经过准备了的，所以它们可以对自己的物种进行拯救，进入一个新的进化阶段。我们为什么也要有所准备就是这个原因。”

在开展这次对谈前，夏娃夫人也在场，可是她一直没有说话。她只是在听我们这些人表达自己的观点，她充分信任并理解我们，似乎所有的想法都是她的回声，来自她，又重新回到她身边。靠近她，听她的声音，对弥漫在她周围的智慧和灵性气氛进行分享，就是我最幸福的事。但凡我的内心发生变化，有了不太明确的想法或出其不意的想法，她立刻就能感知。我觉得，我晚上的梦都刚好受到她的启发。我时常跟她说我的梦，她觉得它们都太自然了，没有任何无法理解的。有一段时间，我的梦就像在对白天的对谈进行复制。我梦到整个世界发生了动乱，我梦见我一个人或者和德米安在一块儿，不安地等待着重大的命运时刻。这个命运被掩盖住了，可是不知道为什么，隐约是夏娃夫人的身影——无论是得到她的眷顾，还是遭到她的拒绝，都是命运。有时候她笑着说："您的梦是残缺的，辛克莱。您把最好的那部分给忘记了。"于是我又忽然记起那些部分，我不知道自己为什么把它们给忘了。

我通常觉得不满，被渴望所折磨。我觉得自己再也忍受不了了，虽然她近在身边，却无法和她拥抱。她马上就发现了我这样的心思。当我有几天没有出现，之后又心浮气躁地再次出现，她会把我拉到一边，告诉我："您不应该在您都不相信的愿望中沉沦。我知道您想要什么。您一定要舍弃，或者对于它们的存在表示接受。如果您可以这样要求自己，相信愿望早晚会实现，它就一定会实现。一定要克服这些。现在，我来给您说一个故事。"

她跟我说，一个少年对一颗星星生出倾慕之心。站在海边的少年伸出双手，对这颗星崇拜不已。它在他的梦里出现，他在它上面集中了所有心思。可是他知道，或者觉得自己知道，星星是没办法拥抱的。他认为这是他的命运，不含任何期待地爱着一颗星星，所以创造了一种完全的生命哲学，放弃、沉默和忠贞的痛苦都包含在其中。按道理来说，这些原来会让他变好，让他纯净，只是他的梦都在这颗星星上。一天晚上，他再次来到海边，在高耸的岩石上站着看星星，心里满是对它的爱。就在这无比渴求的刹那，他跳向那颗星，跳到虚无里。就在这一跳，一个念头从他的脑海里划过：这是不可能的！他摔得很惨，躺在海滩上。他不知道爱是什么。如果在跳的那一刻，他满怀信心，坚信梦想终会变成现实，他就会飞到天上去，和那颗星星结合。

“爱不需要请求，”她说，“也不可提出要求。爱一定要成为自己坚定的力量。它便成了牵引，而不是被牵引。辛克莱，您的爱是得到了我的牵引。如果让我受到它的牵引，我就会来。我不想送礼物出去，我想要别人来争取我。”

还有一次，她把另一个故事讲给我听。那是一个失去希望的情人，他完全陷入自己的世界中，因为自己似乎被爱所摧毁。对于他来说，整个世界都荡然无存，湛蓝的天空和翠绿的森林都消失了，溪水潺潺也听不见了，竖琴的弦乐也消失了，所有一切都消失了。他变得颓废，可是他的爱还在上升，他甘愿死去和毁灭，也不想离他所爱的美人而去。他的爱把他心中的其他一切都摧毁了，变得非常强大，一直引领着，他觉得这位美女会跟在他后面。于是她来了，他举双手欢迎她，为了将她引领到自己身边。可是，当这位女人站在他面前，却成了另外一个样子。他敬畏地看到整个原已失落的世界也靠近自己。她臣服在他面前。天空、森林和小溪都有了明亮的颜色，生动、严肃地向他走过来，属于他，说着他的话。他不但得到了美人，也得到了整个世界。天上的星辰在他内心熠熠生辉，又通过他的心灵闪耀幸福的色彩。他付出爱，而且也找到自己。而大部分人得到爱以后，却把自己搞丢了。

我觉得生命只有一个目标，那就是对夏娃夫人的爱。

可是每天都是新的。有时候我明显意识到，我去追求，是在我的本质的指引下，而不是在她这个人的指引下，而她只是象征我的内心，仅有的一个目标就是引领我更深层次地去寻找自己。我时常觉得她说的话，似乎从自我的潜意识而来，用来对那些让我紧张的问题进行回复。又有些时间，在她身边，我克制不住感官的欲望，于是对她触摸过的东西进行亲吻。感官的和非感官的爱、现实和象征，慢慢交错起来。之后，只要在房间里想到她，真诚地想到，就觉得我们双手交握，双唇相贴。要不然，我会来到她身边，看着她，和她讲话，听她的声音，却不知道她是真的存在，还是在梦中存在。我好像有些明白我们要怎样才能长久拥有一份爱情了。只要我从阅读中发现一个新观点，这个观点带给我的感觉，就如同夏娃夫人的一个亲吻一样。她抚摸我的头发，用她那香味四溢的温暖向我露出笑容，那感觉就如同我的内心得到进步一样。对于我来说，她接受了所有重要的事和被命运填满的事。她可以演变成我的每个思绪，而每个思绪都可以变成她。

一想到要在家里过圣诞节，我便忧心忡忡，和夏娃夫人分开两周，肯定很难过。事实上，这一点都不痛苦，待在家里想她，感觉反而更好了。而当回到H城，为了继续回味这种离她远远的，所带给我的稳定感和独立大吃一惊，我还特意多等了两天才到她家去。我还做了个梦，梦中有了新的东西来象征我和她的结合方式：她是海洋，我汇入这片海洋中；她是星辰，我也是一颗星，飞向她。我们彼此吸引，我们相遇，一直快乐地在美丽的圆圈中以彼此为中心运行。

当我再次和她见面时，我把这个梦跟她说了。

“这个梦很美，”她平静地说，“让它成为真实的吧！”

初春的某一天，我到现在都还记得。我进入客厅，有一扇窗子没关，风信子浓郁的香味弥漫在温暖的空气中。屋里一个人都没有，于是我到了楼上，来到德米安的书房。我轻敲了一下门，和往常一样，没等到对方回应就径直进去了。房间里光线很暗，窗帘都拉上了。通向一旁小房间的门没有关，那个房间被德米安当成了化学实验室。春天的阳光从雨云透过，发出刺眼的光芒。我以为房里没人，于是把其中一面窗帘拉开。

这时，我看到德米安就在拉上窗帘的一扇窗子旁边的小凳上坐着，身体弯曲在一起，看上去很是奇怪。我的心中划过一个想法：你曾经见过这个神情！他的手臂直直垂向下面，双手无力地放在膝盖上，脸略微低向前方，眼睛张开着，却毫无神采，只看到一点小小的光芒，就像一块玻璃上的反射。那张面无血色的面孔正在思考，脸上只有恐怖的表情，就像神庙大门两边的古老动物面具一样。他好像连呼吸都停止了。

曾经的记忆涌上心头，我觉得全身都在发抖——多年前，当我还是个小男孩，他这个样子我就曾经亲眼看到过。他那双眼睛就如同现在这样看往内心，两只手无力地垂在一边，脸上爬过一只苍蝇。当时，大概六年前，他就已经和现在一样老，一样永恒，脸上的皱纹都和之前一样。

我忽然感到害怕，于是蹑手蹑脚地从房间走出去，走到楼下去。在客厅，我和夏娃夫人遇到了。她面无血色，看上去很是疲惫，她这个样子我还是头一次见到。从窗户飘进来一片阴影，明亮的阳光瞬间不见了。

“刚刚我去找德米安，”我急躁地轻声说道，“发生什么事了吗？我不知道他是睡着了，还是陷入了思考，我不知道，之前他也有一次这样过。”

“您没有把他叫醒吧？”她马上问道。

“没有，他没有发现我进去，我也快速出来了。夏娃夫人，请您跟我说说，他到底怎么了。”

她用手背擦着额头。

“您不要激动，辛克莱，他很好。他只是暂时回到自己的内心，不会要太长时间的。”

她起身走向花园，尽管外面已经开始下雨了。我觉得我不应该跟在她后面，于是在客厅里来回走着，闻着风信子沉郁的香味，一直看着门上方那幅我画的雀鹰图，让这个房子里的抑郁进入我的内心。到底怎么了？发生什么事了吗？

没过多久，夏娃夫人就回来了。她的头发上还有雨滴。她在她的沙发椅上坐下来，看上去很是疲惫。我走到她旁边，弯腰亲吻她头发上的雨珠。她的眼睛很平静，可是那雨尝起来像泪水一样。“我要不要去看看他？”我小声问。

她露出无力的笑容。

“不要再那么天真了，辛克莱！”她大声说道，似乎为了把她内心的某个魔法打破，“您赶紧走吧，迟些再过来，我现在无法和您对话。”

我走了，从住宅和城里经过，跑向山上。斜风细雨飘过去，云层低低的，似乎有很重的压力，靠近地面的地方几乎一点风都没有，高空却暴风肆虐，阴沉的阳光有好几次从厚厚的灰色云层穿过，发出刺眼的光芒。

天空飘过一片松软的黄色云朵，和灰色云层汇聚，一刹那，这片黄色、蓝色被风吹成了一幅图像，一只大鸟挣脱混沌，用力扑扇着翅膀，飞向天空，慢慢不见了踪影。接下来，狂风肆虐，雨水混杂着冰雹降落。遭到暴风雨侵袭的地方，有短促、可怕的雷声响起，紧接着，一道阳光从云层透过来照射下来，周围的山上，覆盖着棕色森林的白雪熠熠生辉，太不真实了。

几小时以后，我全身都湿透了，在遭到风雨侵袭以后，我回来了，德米安给我开的门。

他带我到楼上他的房间里去。一盏煤气灯正在实验室里燃烧，地上到处是纸张。

“请坐吧！”他说，“你肯定累得不轻，这天气太恶劣了，我一眼就可以看出你在外面待的时间挺长的。很快茶就送过来了。”

“今天发生了一些事，”我犹豫着说道，“不可能只是这么一点雷雨吧！”

他望向我的眼神怔怔的。

“你看到什么了吗？”

“是的，有那么一刹那，我从云朵中看到了一个图像，非常清晰。”

“是个什么样的图像？”

“是一只鸟。”

“雀鹰吧，是不是？你的梦中之鸟？”

“没错，是我的雀鹰。它有着黄色的身体，体形巨大，飞向蓝黑色的天空。”

德米安深吸了一口气。

我们听到了敲门声，是老女仆送茶过来了。

“请喝茶，辛克莱。我想，你看到这只鸟并不是出于偶然吧？”

“偶然？这样的事物我们可以偶然看到吗？”

“好，不会。它是有意义的，你知道吗？”

“不知道，我只是觉得它有一种摄人心魄的感觉，像命运的脉动一样。我觉得它和我们大家都有关联。”

他激动地走来走去。

“命运的脉动！”他高声说道，“昨天晚上我也做了相同的梦，昨天我母亲也有同样的预感。我梦到自己来到一座背靠树干或高楼的梯子上面。当我来到最上面的时候，俯瞰整个大地，宽广的平原上，城市和乡村正熊熊燃烧。我的印象不太深了，所以没办法具体描述。”

“你觉得这个梦是专门针对你的吗？”我问。

“针对我？那肯定是啊！哪有人会做和自己毫无关联的梦啊？可是，你说得很对，它不仅仅只和我有关。我可以明确界定出来，彰显我自己内心活动的梦，还有其他那些出现频率不高的、对人类命运加以暗示的梦。这样的梦我很少做，我从来没有肯定地说过某个梦是一个预言，而且一定会变成现实。这些暗示往往很模糊。可是我可以肯定的是，我做的一些梦不只是和我有关系。事实上，这个梦和其他人的梦联结在一起，是我曾经做过并一直延续下来的梦。辛克莱，我曾经告诉你的预感，都是从这些梦而来。我们知道，我们的世界已经开始没落，可是并不能因此说它就快要毁灭了。可是，这几年做过的梦，可以让我得出这样一个结论，或者让我发现——旧世界的确已经快崩坏了。它们起初只是发出细微的信号，可是后来却越发清晰、强烈。我知道的只是，某种浩大的、恐怖的事物已经在进行中，和我也有关系。辛克莱，我们曾经偶尔谈到的事，我们未来都将经历。这个世界将要重生了。它带有死亡的气息。只有死亡才能带来新生。相比我之前所预料的，它要可怕得多。”

我一脸惊恐地看着他。

“你能否把梦中的细节告诉我？”我小声祈求道。

他摇摇头。

“不可以。”

这时，门开了，走进来的是夏娃夫人。

“你们在这儿啊！孩子们，你们应该不会在暗自伤怀吧？”

她看上去神采奕奕，所有疲惫也都消失了。德米安微笑着看着她，她走向我们，就像母亲向受到惊吓的孩子走过来一样。

“我们没有在暗自伤怀，我的母亲，我们只是在对这个新的预兆进行猜测，可是显然毫无价值。该来的会忽然造访，到那时候，我们想要知道的事就会知道了。”

可是我的心情还是很糟糕，当我独自一人从客厅穿过，忽然觉得风信子的味道变了，腐朽的死尸气味弥漫开来。我们上方笼罩着一个阴影。

结束与新生

我想留在H城过暑假的事，我好不容易才说服父母。大部分时间，我都和朋友们待在河边的花园里，而不是在屋子内。那位在摔跤比赛中输得很惨的日本人走了，那个支持托尔斯泰的人也走了。德米安养了一匹马，每天勤于练习骑马。我时常单独和他母亲待在一起。

有时连我自己都惊讶于这种平和的日子。一直以来，我都习惯了孤单，习惯了克制，习惯了和烦恼作战，以至于在H城的这段时间，感觉自己像待在一座梦幻之岛上，我可以逍遥地生活在这座岛屿上，在美好的、令人愉悦的事物中沉醉。我预感到这好像是我们新结盟的前奏，我们所想要的就是这个结盟，它太崇高了。可是，兴奋过后，我时常也觉得很伤感，因为我很明白这个幸福不会持续太长时间。我命中注定不会在圆满和舒适中生活，我需要折磨。终有一天，在这些美丽的意象中，我会清醒过来，再次一个人孤零零地站在另一个无情异境中，那儿只有孤单和抗争，没有快乐、祥和的生活。

于是，我无比惬意地陪伴在夏娃夫人左右，很高兴我自己的命运还可以拥有这些美好。

宁静的夏天很快就过去了，暑假快要结束了。面对马上就要到来的分离，我压根不敢去想，也没有去想，而是像蝴蝶迷恋花蜜一样恋恋不舍。这曾经是我人生的幸福，我生命中首个完满和得到认可的结盟——接下来会怎样呢？我将再次奋斗、陷在期盼的旋涡中，拥有梦想，也沉浸在孤独中。

某一天，我的心中又有了强烈的预感，因为对夏娃夫人的爱意，忽然使我难受极了。我的老天哪，再过一段时间，我就要离开她了，再也无法和她相见了，她那美好的脚步声我再也听不到了，她放在我桌上的花我也将无缘再看到了。而我做了什么呢？我没有尽力去讨好她，没有为她而战，让她来到我身边，而只是成天沉浸在梦幻中，在满足中沉溺。她曾经跟我说过的有关真爱的种种，各种经典的、劝告的话语，无数温柔的诱惑，可能是承诺，忽然出现在我的脑海里，在这个过程中，我都做了些什么？什么也没做！

我站在房间里，把所有意识尽可能都集中在夏娃夫人身上。我要把内心的所有力量都调动起来，让她来到我身边。她一定要来，她一定想要和我拥抱，我一定要贪婪地亲吻她。

我安静地站着，专心致志，直到四肢都变得冰凉。

我觉得自己已经被抽空了。有那么一瞬间，某种有力的东西、某些明媚的东西出现在我的内心，我觉得有个结晶体放在了我的心中，而且我知道，那是我的我。连我的胸膛都是冰冷的。

当我不再沉浸在恐怖的专注中，感觉好像要发生什么事。我已经累到虚脱了，可是依然满怀希望，渴望看到夏娃夫人。

屋外的街道有马蹄声传来，离得越来越近，听上去沉重极了，忽然它停了下来。我跳到窗户旁，看着楼下，看到德米安跳下马背。我连忙下楼。

“德米安，怎么了？不会是你母亲怎么了吧？”

他根本没听进去我说的话。他面无血色，汗水一个劲地往下流。那匹马全身燥热，汗水涟涟，他把马拴好以后，就拉着我一起顺着街道走。

“有些事你已经知道了吗？”

我一无所知。

德米安把我的手臂按住，看着我的眼神呆滞，或者有些许怪异的同情。

“没错，我的老弟，开始了。和俄国剑拔弩张的关系，你应该听说过——”

“什么，战争打响了？这件事我可从来没想过。”

他说话的声音很小，即便我们旁边并没有其他人。

“还没有公之于众，可是战争马上就要打响了。你等着看吧！我一直没跟你说这件事，可是自从那次以后，我已经一连三次看到新征兆了。这不是什么世界末日，也不是地震、革命，而是战争。它的影响力有多大，你不久就会看到。对于人们来说，这是一大喜事，有人已经迫不及待要开战了。对于他们来说，生活太无聊了——可是，辛克莱，你会看到一个新的开端，它也许会变成一场大规模的战争，一场声势浩大的战争。哪怕是那样，那也只是一个开端，新的开端！新的开端对于那些对过去事物念念不忘的人来说是很可怕的。你有什么想法？”

我不由得感到惊愕，这些对于我来说都太陌生了，我根本无法想象。

“我不知道——那你呢？”

他耸了耸肩膀。

“只要发出号召令，我就应征入伍。我是少尉。”

“你是少尉，我怎么不知道？”

“是的，这是我的一种退步。你知道的，一直以来，我都不想太过于显眼，时常挖空心思，担心自己做错事。相信我，不出一个星期，我就会到战场上去了——”

“天哪！”

“好了，老弟，不要觉得这是件不幸的事。对于我来说，要求人们用枪射击活人，毫无乐趣。可是这些都无关紧要。现在，我们所有人都得进入这个洪流中。你也是，你肯定也会被招到队伍中去的。”

“那你母亲呢，德米安？”

十五分钟前的事出现在我的脑海里。这个世界真是变化多端啊！就在刚刚，我还专注于祈求最甜蜜的场景，而现在，命运却忽然换上最可怕的面具，挑衅地看着我。

“我母亲？啊，我们无须担心她。她很安全，世界上的任何人都没有她安全——你爱她爱得如此之深吗？”

“你知道这件事，德米安？”

他大声笑道，一副毫无顾忌的样子：“小老弟，我当然知道。凡是叫过我母亲夏娃夫人的人，都爱上她了。更何况，那是什么情况？今天你呼唤了她或我，对不对？”

“是的，我呼唤了——我呼唤夏娃夫人。”

“她感觉到了，忽然叫我过来找你。我也跟她说了有关俄国的消息。”

我们回头，话渐渐变少了。他把马匹的缰绳松开，骑到马上。

我上楼回到房间，才察觉到自己太累了，这都是因为德米安带来的消息，当然更大的原因是之前太过于专注了。可是夏娃夫人听到我了！我用我内心的思想和她进行了交流。本来她会自己过来的，如果不是——这太神奇了，应该很美好！如今，战争近在眼前，我们时常谈论的事情马上就要变成现实。这些事情德米安提前就知道了。世界的流动不只是经过我们身边，还要从我们内心穿出去。我们感受到了冒险的、命运的召唤，现在或不久的将来，这个世界很快就会需要我们了，它即将面临改变，太神奇了！德米安所说的没错，我们对此不应该过于悲观。让人难以置信的是，这孤独的“命运”会降临在我和这么多人，以及整个世界身上。好吧，就这样了！

我把一切都准备就绪。当晚从城里经过时，各个地方都躁动不安，“战争”这两个字随处都可以听到。

我去拜访夏娃夫人，我们在花园小屋里共进晚餐。我是仅有的一个客人。战争的事无人提及。当我准备走时，夏娃夫人说："亲爱的辛克莱，今天您曾经呼唤过我。您知道我为什么没有过去了吧！请您一定要记得：这个呼唤您现在已经知道了，只要您对任何带有记号的人有需求，不管什么时候，都可以再次呼唤！"她起身走进花园的暮色中。这位神秘的女士在安静的树丛间漫步，看上去很是魁梧，就像王侯贵族一样，头顶上方闪烁着无数星星。

我的故事快要结束了。所有事情都快速发展着。战争不久就来了，身穿银灰色制服的德米安，几乎都让人认不出来了，他离开我们到战场上去了。我和他母亲一起回家。没过多久，我也和她说再见，她亲吻我的双唇，拥抱着我，用她那明亮的眼神坚定地看着我的眼。

突然之间，所有人都变得亲密无间起来，大家都在谈论"祖国"和"荣耀"。这是命运，在这个命运中，出现的全都是蒙着的脸。年轻男子走出兵营，上了火车，而我在很多张脸上都看到了一个记号——这个记号不是我们身上的那种，而是一种荣耀的象征，是爱和死亡的代表。很多素未谋面的陌生人都和我拥抱，我知道这个拥抱，并热情地予以回应。他们并不是秉承命运的意志这样做的，而是在一种沉醉的状态下。这种沉醉是神圣的，也让人激动不已，于是大家都用这种短暂的、开悟的眼光遥望命运之眼。

等到我到前线去时，已经快要到冬天了。

射击一开始确实很让人心动，可是我依然对所有事物都提不起兴趣来。之前，我时常思考，人怎么就不能为理想而活呢！如今，我却看到很多人，甚至所有人都为了一个理想献出自己的生命。可是它不是每个人自由选择的理想，而是大家一起约定的理想。

我慢慢发现我低估了人们。尽管在职责和共同的危险的作用下，他们排列得整整齐齐，可是我也看到不少人，活人也好，死人也好，都无比坚定地靠近命运的意志。很多人的眼神里都闪烁着坚定，就像着了魔一样，不管是在发起进攻时，还是在其他任何时候都是如此，他们就像失去目标的人一样，把整个身心都献给神秘的惊世骇俗的举动。无论这些人以什么为信仰，或者对什么充满渴求，他们都准备好了，他们是有价值的，未来将诞生在他们之中。当这个世界越是专心致志地和战争、勇敢、荣誉和其他陈旧的理想相迎合，每个不太真实的声音就显得越发遥远、不可信。这一切都只停留在表面，和战争的外在、政治相关的目的，一样也只是浮于表面。某种事物、某种和新的人性相似的东西正在逐步发展中。原因是我看到很多人——其中有些人就在我身边死去——已经有深刻的觉悟，愤怒、杀人、摧毁，都和对象关系不大。这些对象和这些目的，都只是偶然出现的。最初的感觉，甚至最激烈的感觉，所针对的对象都不是敌人。他们只是为了表达内心的情感、投射心碎，才杀戮的，才想要生气、杀人、摧毁和死亡，就是为了再次诞生。一只巨鸟用尽全力从蛋壳冲出去，这颗蛋就是这个世界，而世界只能走向毁灭。

一个初春的晚上，我站在我们抢占过来的农庄前放哨。风一阵阵吹过来，云朵一群群从高耸的、比利时佛兰德的天空飘过，月亮在某个地方躲起来了。一整天时间，我的心都忐忑不安，一直受到某种忧虑的影响。这时，我在黑暗中真诚地回想着一直以来的生命图像，想着夏娃夫人和德米安。我背靠一棵白杨树站在那里，看着躁动的天空，它闪现出若隐若现的光芒，持续变幻着巨大的连环画面。我的脉搏跳得很慢，面对风雨的侵袭，皮肤竟然一点感觉都没有，内心却清醒无比，因此我意识到，我周边有个引导者。

透过云层，一座大城出现在我的眼前，数以百万计的人们像潮水一样从那里喷涌而出，成群结队地分散开。

一尊高大的神像在他们之中出现，她的头发上有星辰闪烁，她就像一个庞大的洞穴，有夏娃夫人的特点。人群朝这个形象里面涌入，似乎来到一个庞大的洞穴一样，之后就消失了。这位女神屈膝蹲下，额头上的记号闪闪发光。她好像在做梦，她把眼睛闭上，高贵的面容带着些许愁容。忽然，她大声叫起来，若干个星星跳出她的额头，在黑暗的天空中划着优美的曲线，不停地画圆。

其中一个星星携同巨大的声响朝我奔过来，好像是来找我。它发出巨大的声响，爆裂成数不尽的火花，我被它抛向空中，又抛回地面，在剧烈的声响上，就在我头顶上方，世界崩塌了。

我是在白杨树附近被发现的，身上沾满了泥土，我还受伤了。

我在地下室里躺着，可以听到头顶上方炮火的剧烈声响。之后，我躺到一辆车子里面，从空旷的原野驶过。

大部分时候，我都处于昏睡状态，或者无意识状态。可是只要进入沉沉的梦乡，某种东西牵引我的感觉就越发强烈，我被一股掌控我的力量拖着走。

我在一个昏暗的草棚里躺着，有人踩到了我的手。可是我内心还想走，更用力地拉开我。我又坐到了一辆车子里，之后到一个担架或梯子上面，我深刻地觉得自己被要求到某个地方去，没有什么其他的感觉，只有一定要前往的急迫感。

我终于抵达目的地了。那个晚上，我一下变得特别清醒，这股牵引力和紧迫感越发强烈了。我在一个大厅里躺着，被安排在地上。我觉得我来到了对自己发出呼唤的地方。我环顾四周，另一张床垫紧靠在我的床垫旁边，有一个人躺在上面，他低下身子看着我。他的额头上有记号。他是德米安。

我一下语塞了，他也是如此，或者不想说话。他只是一直看着我。他的脸上映照着墙上吊灯的光影，他向我露出笑容。

他看了我很久以后，才慢慢靠近我，直到我们差不多粘在一起。

“辛克莱！”他小声说道。

我用眼神示意他，说我知道是他。

他又笑了，看起来有些可怜。

“小伙子！”他笑着说。

他的嘴紧紧靠在我的嘴巴旁边，他轻声说道。

“克罗默你还记得吗？”他问。

我朝他眨眨眼，也笑了。

“小辛克莱，你自己要当心！我得走了。也许你还会需要我的帮助，来和克罗默或其他人对抗。当你呼唤我的时候，我没办法再那样赶来了，不管是骑马还是坐火车。你一定要聆听你内心的声音，之后你会发现我就在你的内心。你明白吗？还有一件事，夏娃夫人曾说，如果你生病了，我得替她亲吻你一下，这个吻是来自她那里……把眼睛闭上，辛克莱！”

我听话地把眼睛闭上，觉得我的唇上落下一个轻柔的吻。我的唇上还有残留的鲜血没有止住。之后，我就进入了梦乡。

第二天，我被叫醒起来包扎。当我完全恢复意识，马上转向隔壁的床，躺在那上面的是一个我素未谋面的人。

伤口发出剧烈的疼痛。从那时开始，发生在我身上的一切都很痛。可是当我偶尔找到线索，来到自己的内心深处，一弯腰，就可以看到隐藏在一面黑暗的镜子里的命运的图像，那是我自己。它已经和他几乎一模一样了，他，我的朋友，我的引领者。